AF290623

Böse
Geschichten

Von den gleichen Autoren erschienen:

Nenn mich nicht Oma!
(ISBN 978-3-8423-3217-1)

Bleibst du zum Frühstück?
(ISBN 978-3-8423-7167-5)

Umschlaggestaltung und Layout:
Barko Bartkowski

Herstellung und Verlag:
BoD - Books on Demand, Norderstedt
ISBN 978-3-8482-1933-9

Inhalt

Maria Uleer

Der Liebhaber, der
seinen Text nicht kannte

Als ich an einem regnerischen Nachmittag im November 1975 unerwartet nach Hause kam, lag meine Frau mit einem anderen Mann im Bett. Seit Jahren verfolgte mich dieser Satz aus Juan Marsés *Der zweisprachige Liebhaber*. Es war einfach der beste Romananfang, der mir je begegnet war. Genial. Wirklich genial. Warum fiel mir etwas derart Geistreiches nicht ein? Ich hatte immer wieder mal mit dem Gedanken gespielt, den Satz ein wenig abgeändert als Einstieg für eine meiner Kurzgeschichten oder für eine Erzählung zu verwenden – wer kannte hier in Deutschland schon Juan Marsé? – , aber dann erschien es mir doch zu riskant. Irgendjemand würde merken, dass dieser grandiose Einstieg abgekupfert war, da war ich mir sicher, und dann würde man mich des Plagiats beschuldigen.

Auch die ersten Seiten des Romans waren so beeindruckend, die Reaktionen des betrogenen Ehemannes so bewunderungswürdig, dass ich mir den Text immer wieder aufsagte, um ihn eines Tages vielleicht doch in abgewandelter Form in einem meiner Manuskripte unterzubringen. Aber ich weiß, ich würde mich nicht trauen, denn ich bin, ich muss es gestehen, ziemlich ängstlich. Ich bin außerdem überzeugt, dass Begebenheiten, die man sich lange genug vorgestellt hat, irgendwann wirklich passieren.

Wie sonst soll ich mir erklären, dass ich an einem regnerischen Nachmittag unerwartet nach Hause kam und meine Frau mit einem anderen Mann im Bett vorfand?

Dass es erst Oktober und nicht schon November war, spielt dabei sicher keine Rolle. Ich öffnete die Schlafzimmertür und erblickte das zerwühlte Laken und auf den Kissen zwei Köpfe, von denen einer eindeutig nicht in dieses Zimmer gehörte. Meine Frau sprang bei meinem Anblick mit einem Schrei auf, rannte ins Badezimmer und schloss hinter sich ab, genau wie in Marsés Roman. Ich glaubte, einen längst bekannten Film zu sehen.

Der Mann passte allerdings nicht so ganz in die Szene. Im Marsés Roman ist der Liebhaber ein Schuhputzer, der sich im kritischen Moment aufrichtet, unterm Bett nach den Schuhen des Ehemannes greift und sie zu putzen beginnt. Und zumindest obenherum ist er bekleidet mit einer verschlissenen Schuhputzerweste. Aber dieser hier? Er blieb einfach liegen und starrte mich nur entsetzt an. Ein Schuhputzer hätte mich wahrscheinlich nicht so umgeworfen, aber wer rechnet denn mit dem Direktor meiner Frau, dazu ganz nackt. Nicht einmal ein T-Shirt obenherum. Das Laken hatte meine Frau an sich gerissen, als sie ins Bad rannte. Ich wollte schon fragen: »Was machen Sie denn da mit meinen Schuhen?«, aber das hätte in diesem Fall wohl wenig Sinn ergeben.

Der Mann machte keinerlei Anstalten sich zu bewegen. Der Zorn in mir wuchs, Zorn über den stummen Eindringling und Zorn über mich selbst, weil ich nicht wusste, wie ich mich in dieser halb bekannten, halb unbekannten Situation verhalten sollte.

»Das ist unerhört, hören Sie, das ist der Gipfel«, brach es schließlich aus mir heraus.

»Ja, das ist es …«

Hatte ich richtig gehört? Das hatte der Liebhaber im Roman auch geantwortet. Ich fühlte mich sofort sicherer und wusste, was ich zu sagen hatte. Schließlich war ich in dem Text zuhause. »Das ist absurd, idiotisch.«

Schweigen auf seiner Seite.

Auch das stimmte mit Marsé überein und ermutigte mich zu der Frage: »Und was jetzt?«

Im Roman entschuldigt sich daraufhin der Schuhputzer: »Hab mich ein bisschen gelangweilt und mir gesagt: Wollen wir uns ein bisschen die Zeit mit Schuhputzen vertreiben …« Das konnte der Mann da in meinem Bett unmöglich sagen, nicht weil in Deutschland keine Schuhputzer ins Haus kommen. Nein, es wäre eine zu grobe Beleidigung, wenn dieser Eindringling behaupten würde, er habe sich nur aus Langeweile bei meiner Frau eingefunden. Das hatte sie nun wirklich nicht verdient. Schließlich bestritt sie mit ihrem Lehrerinnengehalt unseren ganzen Haushalt und wartete geduldig darauf, dass ich endlich etwas veröffentlichte. Ich gab mir alle Mühe, aber die Verlage wiesen mich immer wieder mit der Begründung ab, meine Manuskripte seien doch etwas weit von der Realität entfernt.

Der Mann griff jetzt nach einem Kopfkissen und bedeckte seine Blöße. Dann flüsterte er kaum wahrnehmbar: »Ich gehe dann wohl besser.« Wie bitte? Der Herr Direktor kam sich wohl sehr schlau vor. Er überschlug einfach ein ganzes Stück Text und glaubte, so einfach davonzukommen. Das konnte ich ihm nicht durchgehen lassen. Und dass er mein Kopfkissen auf seinen nackten Bauch drückte, besänftigte mich auch nicht unbedingt.

Ich beschloss, ihn schmoren zu lassen und ihn, wie der Text es vorsah, zu verhören. »Ist es das erste Mal, dass Sie hierher kommen?«

»Ja, natürlich.«

Wieso ja, natürlich? Das stimmte doch nicht. Vielleicht war er etwas durcheinander, der Herr Direktor, und wusste nicht mehr so genau, was er sagte. Mir tat er fast ein bisschen leid, wie er da so lag mit dem spärlichen Haarwuchs auf der Brust und den dünnen Armen, die das Kopfkissen krampfhaft auf seine erschlaffte Männlichkeit drückten. Wenn die Schüler ihn so sähen... Ich musste ihm noch eine Chance geben und wiederholte deshalb etwas schärfer: »Ist es das erste Mal, dass Sie hierher kommen?«

Der Direktor sah mich zweifelnd an, als verstünde er mich nicht richtig oder müsse überlegen, was er sagen sollte. Dabei war die Antwort doch so einfach. Aber störrisch beharrte er auf seinem Ja und fügte auch noch hinzu: »Glauben Sie mir, ich war wirklich noch nicht hier.« Da überkam mich erneut der heilige Zorn, der sich gerade etwas gelegt hatte, und ich schrie: »Ist es das erste Mal, dass Sie hierher kommen?« Die Hände des Mannes umklammerten mein Kissen, seine Augen waren schreckgeweitet, sein Mund stand offen. »Ja, wirklich«, hauchte er kaum verständlich. Ich entriss ihm das Kissen und drückte es auf sein Gesicht. Drückte und drückte. Konnte der Dummkopf denn nicht antworten: »Nein, ich putze öfters hier die Schuhe.« ?

Elisabeth Heydel

Der rote Hut

Er war mir schon im Hotel aufgefallen. Jeden Abend saß er, umringt von kenianischen Schönheiten des Dorfes, in der Spiegelbar, immer auf dem Hocker neben der Amphore mit Strelizien. Als er jetzt den Andenkenladen betrat, begleitete ihn eine Frau mit rotem Strohhut. Während er auf die Verkaufstheke zusteuerte, tanzte der rote Hut um den Ständer mit den Ansichtskarten. »Leo, die hier für deine Mutter?«

Eine weiße Hand hielt ein Glanzfoto im Großformat hoch, auf der zwei Massais vor einer schilfbedeckten Hütte posierten. Doch Leo gab keine Antwort. Er stützte sich mit den Ellenbogen auf die Verkaufstheke, starrte der dunkelhäutigen Verkäuferin in den tiefen Ausschnitt und trommelte mit dem rechten Zeigefinger auf eine Holzschale. Wippend drehte der rote Hut ab und bewegte sich zur Kasse.

Ich bezahlte schnell meine Zeitung und ging ins ‚Jasmin‘, dem einzigen Café am Ort. Zu Recht hatte es diesen Namen, denn Nischen, ausgekleidet mit weißblütigem Jasmin, luden zur Erholung ein, und ihr betörender Duft umhüllte das ganze Areal. Während ich die Tagesnachrichten aufschlug, hörte ich durch die Blätterwand eine zaghafte Frage: »Leo, was soll ich denn schreiben?«

Neugierig beugte ich mich vor, um zwischen den weißen Blüten und dem kräftigen Grün ein Guckloch zu finden. Der rote Hut war über den Tisch gebeugt. Leo stand aufrecht und schnippte mit Daumen und Zeigefinger die dunkelhäutige Bedienung herbei.

»Schreib, dass wir nach 13 Jahren unsere Flitterwochen nachholen! Schreib, dass wir hier glücklich sind, so was will meine Mutter lesen!«

In holprigem Englisch bestellte er Bier und Eistee. Als die Kellnerin kurz darauf die Gläser auf den Tisch stellte, erfasste er mit der Rechten blitzschnell ihre braune Hand und streichelte mit der Linken über ihren nackten Oberarm: »Wunderbar, diese Haut, wie brauner Samt!«

Ohne eine Miene zu verziehen, entzog sie ihm energisch ihren Arm, warf stolz den Kopf in den Nacken und wandte sich wortlos ab.

»Das ist eine Frau! Genau so eine Schönheit wie unser Zimmermädchen Deborah!«

»Leo! Deborah könnte Deine Tochter sein!«

Aber diesen Satz hörte er nicht, weil er genießerisch sein Bier trank. Als er das Glas abgestellt hatte, wischte er sich den Schaum in den Oberlippenbart. Zögernd schob sie ihm die Karte über den Tisch zu. Ich hörte ihre ängstliche Frage: »Leo, geht das so?«

Beim Lesen bewegte er die Lippen. »Was hast Du Dir denn dabei gedacht?«

Bei diesen Worten zerriss er die Karte und versuchte die Fetzen übereinander zu stapeln. Doch auf den grob gefassten Kieselsteinen der Tischplatte zerfiel das Bauwerk zu einer kümmerlichen Ruine.

»Kannst Du jetzt als Puzzle nehmen!« Dann zeigte er auf die Kamera: »Bevor wir gehen, mach noch ein Foto von mir! Warte, ich frage unsere schwarze Schönheit, ob sie mit auf das Foto kommen will. Vielleicht setzt sie sich auf meinen Schoß!«

»Ja aber ...«

»Für ein gutes Trinkgeld macht sie das bestimmt …
und noch einiges mehr. Nimm schon mal die Kamera!
Wahrscheinlich musst du dich in den Gang stellen, um
uns beide drauf zu bekommen. Du siehst alles genau auf
dem Display!«

Ein Stuhl wurde gerückt. Das Schauspiel wollte ich
mir nicht entgehen lassen. Behutsam schob ich die
Zweige auseinander. Der rote Hut schaukelte einige
Schritte zurück, wippte auf und ab, um die Perspektive
auszuloten. Da sah ich, dass sich der Lederriemen der
Fototasche wie ein Lasso um ihr Teeglas gelegt hatte.
Als sie die Kamera in Schulterhöhe nahm, spannte sich
der Riemen. Das noch halb volle Glas kippte und rollte
über die holprige Steinplatte, kämpfte sich über den
Tischrand und fiel auf den blanken Keramikboden. Es
zersprang in winzige Scherben.

Im Nu verfärbten sich die Schnipsel in der braunroten
Lache. »Pass doch auf! Mit dir kann man aber auch nir-
gends hingehen!«

Zwei schwarze Boys waren sofort zur Stelle. Heiter,
fast ausgelassen, machten sie sich über die Scherben-
pracht her, turnten gelenkig unter Tisch und Stühlen und
zeigten der Frau lachend ihre gläserne Beute. So schnell
sie gekommen waren, so schnell waren sie wieder verschwunden.

»Am Fotografieren ist mir die Lust vergangen. Ich
trinke noch aus, und dann gehen wir!«

Sprachlos stand sie neben dem Stuhl, der rote Hut
wankte, senkte sich ein wenig, schien sich ganz in der
Tiefe zu verlieren.

Er stand auf und winkte der Kellnerin. In diesem Augenblick sah ich eine beringte Frauenhand über dem

Bierglas, ein winziges Scherbenstilett blitzte zwischen Daumen und Zeigefinger und tauchte in den weißen Bierschaumkranz des Glases ein.

Schnell beglich ich meine Rechnung, umrundete den Jasminzaun und ging durch den Mittelgang auf das Paar zu.

In Höhe der roten Kopfbedeckung blieb ich stehen, zum ersten Mal sah ich das Gesicht unter dem roten Hut, sah diese durchscheinende Blässe, die keine Sonne vertrug, sah diese wässrigen Augen, die mich aufgeschreckt anstarrten. Ertappt faltete sie die Hände, presste sie auf den Mund, um nicht aufzuschreien. Ihr verzweifelter Blick erschütterte mich, weckte auch in mir bittere Erinnerungen.

Er wedelte noch immer mit dem Arm und rief zum wiederholten Male verärgert nach der Bedienung. Ohne ein Wort zu sagen, wandte ich mich ab und ging, so schnell ich konnte, durch den Jasminduft. Am Abend in der Spiegelbar sah ich sie, allein, auf dem Hocker neben der Amphore mit Strelizien.

Claudine Landgraf

Krimiwelt

Jetzt ist das Werk vollendet, das letzte Wort steht geschrieben, dann der Punkt, nun darunter: Ende.

Ich habe so lang zwischen Gift und Dolch gezögert. Habe mich doch für den Dolch entschieden, gibt mehr Farbe her. Ich atme schwer, wie nach einem Rennen, bin genauso vom Schluss überrascht, wie hoffentlich später der geneigte Leser.

Noch zögerlich springe ich in das kalte Wasser und klicke auf ‚Senden‘. Ich weiß, die kommende Nacht wird fürchterlich sein, jedes Wort werde ich im Geist umdrehen, mir die Reaktionen der Lektorin ausmalen. Aber jetzt will ich nicht mehr an meine Kriminovelle denken. Entschlossen stehe ich auf, verlasse meinen Schreibtisch und begebe mich in die Küche.

Die Kinder sind in einer Stunde zum Essen da. Das Gemüseschälen wirkt immer wie ein Ritual auf mich, Knoblauchgeruch bringt mich in meine Kindheit zurück. Genauso prägend wie das ‚Liberté, égalité, fraternité‘ über dem Rathaustor der Stadt. Vor mir liegen noch sieben lange Tage ohne ihn. Die Kinder lärmen schon vor der Tür, ein Blick in den Spiegel, meine Lippen bilden automatisch ein Lächeln. Der Kleine erzählt atemlos von der Lehrerin, die er verehrt, der Ältere schweigt vornehm.

»Wie war es heute?«, frage ich ihn.

»Wie sonst, was willst du denn?«

Ich verteile Ratatouille, Fleisch und Nachtisch. Ich bade in ihrer Anwesenheit und betrachte sie entzückt. Romain, der Ältere, findet kurz seine Stimme wieder, um das Fernsehprogramm zu bestimmen. Der Streit erreicht mich nicht, ich habe eben unsern Nachbarn erblickt, der einen Ball aus seinem Garten entfernt, um ihn auf unsere Wiese zu schleudern. Ich werde bald eine Predigt zu hören bekommen. Er spricht dabei in einem Ton, den ich meinen Kindern gegenüber niemals anschlagen würde. Sie hätten bestimmt heftig reagiert. Ich kann den Mann nicht leiden. Das Klingeln des Telefons bringt mich zur Raison. Um diese Zeit ruft mein Mann mich immer aus England an.

»Wie ist es denn?«, frage ich.

»Wie sonst«, sagt die geliebte Stimme.

»Das Wetter?«

»Englisch.«

Seine bedächtige Sprache, seine Ruhe, verglichen mit der Lebhaftigkeit meiner Landsleute, kamen mir vor zehn Jahren sehr exotisch vor. Die Zurückhaltung, die ich am Anfang unserer Ehe als deutsch-romantisch empfand, hat aber im Laufe der letzten Zeit zugenommen. Es dehnen sich immer größere Räume des Schweigens zwischen uns aus.

Schulaufgaben, Fernsehen, Abendessen, kurzer Besuch einer ehemaligen Kollegin, die eine Freundin geworden ist. Sie gibt an der Sprachschule Deutsch für Ausländer. Sie erzählt mir von der Entdeckung ihrer Kollegen, dass sie vom Büro aus abgehört werden. Wir sind empört. Danach lese ich wie jeden Abend den Kindern Kipling vor, dann abendliche Küsse auf die warmen Wangen der Söhne. Sogar der Ältere duldet es noch. Ich weiß, bald wird es damit ein Ende haben.

Das Haus knarrt lauter als sonst. Um Abstand von meinem Text zu gewinnen, greife ich zu einem Krimi: ‚Requiem für eine Rose‘. Meine Nacht wird, wie vorhergesehen, dennoch unruhig. Eine Taube gurrt ihr wiederkehrendes Trauerlied. Ich schließe zornig mein Fenster. Danach träume ich, dass ich die Sekretärin meines Mannes eine Treppe hinunterstoße. Ihr gelbes Haar kreist in die Tiefe.

Am folgenden Tag nach dem Frühstück und der Abfahrt des Schulbusses klappert der Briefkasten: eine

Zeitung und Reklame. Ich vertiefe mich in die Zeitung. Mein Blick wird von den Todesanzeigen gefangen. Frau Dr. Schaben ist gestorben, unerwartet und in jungen Jahren, fünfundvierzig ist sie geworden, so ein Zufall, ich habe gestern noch mit Empörung an sie gedacht. Sie war meine Chefin, eine gewisse Kühle herrschte schon damals zwischen uns, als ich die Sprachschule verließ. Übernationale Ehen billigte sie nicht. Sie hätte niemals einen Ausländer geheiratet, sagte sie mir. Die Beerdigung findet nächste Woche statt. Walter wird zurück sein und kann sich um die Söhne kümmern. Ich habe doch ein ungutes Gefühl, weil dieser Tod mich so kalt lässt.

Um mich abzulenken, gehe ich in den Garten, atme die würzige Luft tief ein. Auf der Stufe liegt eine tote Taube. War sie es, die so aufdringlich die nächtliche Ruhe gestört hat? Ich bücke mich, mit schlechtem Gewissen werfe ich sie, in Papier eingewickelt, in die Tonne. Auf dem Rückweg bleibe ich stehen, versteinert. Was sehe ich da auf dem Boden? Ein Fuß und ein Bein ragen zwischen den Büschen der Hecke hervor. Die Socke ist voller Blut. Ich stelle mich auf die Fußspitzen und erblicke ein fahles Gesicht, der Mund ist leicht offen. Der Nachbar!

Ich renne ins Haus und rufe die Polizei. Ich fühle mich schuldig. Jedes Mal, wenn ich schlecht von einem lebenden Wesen denke, stirbt es. Als die Polizei kurz danach bei mir klingelt, öffne ich die Tür und erwarte irgendwie Derrick. Es steht aber ein nichtssagender Polizist vor mir. Ich biete ihm einen Platz auf der Couch an, aber nichts Alkoholisches zu trinken. Ich kenne mich aus. Derrick habe ich schon in Frankreich im Fernsehen erlebt; ich studierte damals Deutsch und hoffte, mit dieser Serie die deutsche Wirklichkeit kennenzulernen. Die weiß tapezierten Wohnungen, die Neo-Barock-Möbel der Münchner Bourgeoisie ließen mich das Schlimmste erwarten. Versöhnt wurde ich, als ich die Vielfältigkeit des Landes langsam ergründete.

»Frau Limberg, wann haben Sie den Herrn Sauwald entdeckt?«

»Zwei Minuten vor meinem Anruf.«

»Und Sie waren sofort sicher, dass es sich um eine Leiche handelte?«

Der Polizist scheint überrascht zu sein. Ich weiß nicht genau, warum.

»Der Mann bewegte sich ja nicht mehr und das Blut! Ein klarer Fall, wenn Sie mich fragen.«

»Hm. Ich würde gern Ihre Papiere sehen!«, sagt er.

Aus meiner Handtasche hole ich wortlos meinen deutschen Ausweis. Mit einem knappen »Dankeschön!« gibt er ihn mir zurück.

»Wann haben Sie ihn zuletzt gesehen?«

»Durch das Fenster habe ich ihn gestern gesehen, mit dem Ball meiner Söhne in der Hand. Er hat ihn auf unsere Wiese zurückgeworfen. Er sah zornig aus. Kein Grund jedoch für mich, ihn zu töten ...«

Ich lache dabei, meinen Humor scheint er nicht zu goutieren. Mit einem kurzen Gruß geht er aus dem Haus, ohne mich darauf aufmerksam zu machen, dass ich die Stadt nicht verlassen darf. Leicht enttäuscht schließe ich die Tür und widme mich den üblichen Aufgaben einer Hausfrau. Emsig betätige ich den Staubsauger. Beunruhigende Gedanken schwirren durch meinen Kopf. Ich versuche methodisch und wissenschaftlich zu ergründen, ob ich viele Menschen nicht mag. Manche Lehrer und Lehrerinnen haben unangenehme Spuren in meinem Gedächtnis hinterlassen, das Bild der Sekretärin meines Manns spukt heftig in meinem Hirn. Ist sie nach England mitgefahren? Ich habe vor einigen Tagen wiederholt sein Büro angerufen, normalerweise antwortet sie zuerst. Es klingelte jedoch und klingelte ins Leere. Ich zwinge mich dazu, das Bild zu löschen und durchforste weiter mein Unterbewusstsein. Nachts sehe ich jetzt des Öfteren meine Lektorin in einem sehr schlechten Licht.

Vom Küchenfenster aus erkenne ich, wie die Polizisten die zwei Gärten untersuchen. Eine mir unbekannte Frau mit Schürze kommt aus dem Nachbarhaus heraus. Wahrscheinlich die Gattin des Ordnungsfanatikers, die ich bisher noch nie gesehen hatte. Wir wohnen immerhin seit einem Jahr hier. Als ich mit meinem Mülleimer draußen stehe, ist sie wieder verschwunden, die Leiche auch. Ich höre einen Polizeiwagen in der Ferne, er hat den Toten wahrscheinlich mitgenommen. Ich gehe zu der Stelle an der Hecke zurück, da, wo der Fuß war, ist eine tiefe Schleifspur, am Ende schimmert ein Stück Metall aus dem Boden.

Ruhe brauche ich, Normalität. In meine Küche zurückgekommen, schäle und schneide ich Kartoffeln und bereite unser Lieblingsgericht: Steak mit Fritten. Am Tisch ereifern sich die Söhne, es geht um Fußball, ich kenne mich in der Materie nicht aus und höre nicht zu. Ich warte auf den Anruf. Pünktlich klingelt das Telefon, die fränkisch gefärbte Stimme sagt:

»Heute ist die Zeit knapp. Konferenz. Habe euch lieb. Klick.«

Ich stehe verdattert mit dem Telefon in der Hand, das gelbe Haar der Sekretärin wirbelt vor meinen inneren Augen. Hastig lösche ich das Bild. Die Kinder sind schon im Garten, lärmen herum. Sie sind ohne Erlaubnis vom Tisch aufgestanden, ich nehme es kaum wahr. Der Kleine kommt ganz aufgeregt zurück:

»Wo ist unser Ball?«

»Im Haus habe ich ihn nicht gesehen. Er muss draußen sein.«

Ich kann den Kindern nicht sagen, dass die Polizei ihn mitgenommen hat. Spurensicherung, Fingerabdrücke, ich kenne mich da aus. Ich will die Ereignisse des Morgens noch nicht erwähnen. Ich begleite die Kinder bei der Suche und bin verblüfft, als ich den Ball tatsächlich an der Hauswand unter Rosen entdecke.

Bevor ich den unerwarteten Fund der Polizei melden kann, kommt ein Krankenwagen, hält vor dem Nachbarhaus. Heraus steigt, auf einen Stock gestützt, mit eingegipstem Fuß, unser Nachbar.

Also, Gott sei Dank, muss ich doch nicht die ganze Menschheit, was sage ich, die ganze Schöpfung lieben. Einige überleben, meiner Abneigung zum Trotz.

Nach der Rückkehr meines Mannes tue ich einfach so, als ob sich nicht Verdacht in meine Freude eingenistet hätte, als ob alles normal wäre. Ganz nebenbei frage ich ihn:

»Hat es geklappt mit deiner Sekretärin?«

Ganz schön zweideutig von mir. Er antwortet naiv, sein Blick ist klar, sein Fuß unruhig:

»Perfekt. Übrigens, sie wohnt erst seit kurzem hier, lebt single und fühlt sich ein wenig einsam.«

»Ja, dann laden wir sie am Samstag zum Abendessen ein. Fischsuppe und Tiramisu.«

Am besagten Abend war ich irgendwie zerstreut. SIE redet nur mit meinem Mann. Nach meinem zweiten Löffel Tiramisu wurde es mir elend schlecht. Im Nu verstand ich: Ich hatte die Dessertteller vertauscht.

Barko Bartkowski

Hafterleichterung

»Guten Morgen, Professor Baumann! Wie geht es Ihnen heute?«

Der Mann, der auf der Pritsche saß, blickte kurz hoch und schaute dann wieder zu Boden, schweigend.

»Professor Baumann, bitte! Ich kann ja verstehen, dass Sie nicht mit mir reden wollen. Aber ich versichere Ihnen, was immer auch man Ihnen angetan hat, ich wusste nichts davon!

Ich war für zwei Wochen verreist, und meine Mitarbeiter haben eigenmächtig gehandelt. Sie haben ihre Befugnisse bei Weitem überschritten! Glauben Sie mir, das wird Konsequenzen haben! Was man mit Ihnen gemacht hat, ist unentschuldbar. Schließlich sind Sie kein Feind des Staates, kein Verräter oder Saboteur.«

Der Mann auf der Pritsche nestelte gedankenverloren an dem Verband an seiner linken Hand. Es war nicht zu erkennen, ob er die Worte des anderen wahrgenommen hatte.

»Baumann, glauben Sie mir: ich bin Ihr Freund! Ich versuche, Ihnen zu helfen!

Leider liegt es nicht in meiner Macht, Ihre Freilassung anzuordnen. Technisch gesehen unterstehen Sie dem Militärrecht, und der Kommandant weigert sich, einzusehen, dass Ihr Fall besonders gelagert ist. Ich versuche mein Möglichstes, aber solange Sie weiterhin jede Zusammenarbeit verweigern, sehe ich da kaum Spielraum ...«

Baumann starrte zu Boden und schwieg.

»Immerhin kann ich dafür sorgen, dass man Sie besser behandelt. Das Bett zum Beispiel. Ich weiß doch, dass Sie Rückenprobleme haben. Ich werde Ihnen eine bessere Matratze besorgen lassen.

Professor Baumann! Ich bitte Sie! Ihre Haltung bringt Ihnen doch nichts ein. Letzen Endes wird man auch ohne Sie zum Ziel kommen. Ihre Kollegen arbeiten fieberhaft an der Entwicklung, und der Durchbruch ist nur eine Frage der Zeit.

Allerdings ließ mich Doktor Kaminski wissen, dass Ihre Mithilfe wertvoll wäre. Es gibt da einige Ungereimtheiten in Ihren Aufzeichnungen, über die er sich nicht klar werden kann. Hier, ich habe Ihnen die Unterlagen mitgebracht. Vielleicht können Sie ja einmal hineinschauen und Doktor Kaminskis Anmerkungen kommentieren.«

Er hielt Baumann das Manuskript hin. Nach einigen Sekunden legte er es neben dem Mann auf die Pritsche.

»Das ist doch nicht zu viel verlangt. Tun Sie's als Zeichen Ihres guten Willens. Das würde es mir ermöglichen, auch meinerseits noch mehr für Sie zu erreichen. Möchten Sie etwas zu lesen? Bücher, Zeitschriften? Sie brauchen es bloß zu sagen.

Eine Erleichterung habe ich schon für Sie erwirkt. Sie dürfen jetzt auch Post bekommen! Schauen Sie, hier: es sind einige Briefe an Sie unter Ihrer alten Anschrift angekommen, die Sie lesen dürfen – Sie müssen entschuldigen, dass alle Briefe geöffnet wurden, aber Sie wissen ja, die Zensurvorschriften ...«

Er legte den Stapel neben das Manuskript auf die Pritsche. Einen Brief behielt er in der Hand.

»Hier, der wird Sie besonders interessieren, der ist von Ihrer Tochter – aus dem Internat in der Schweiz.«

Er machte eine kurze Pause, aber Baumann zeigte keine Reaktion.

»Sie schreibt, es ginge ihr gut, sie sei nicht verletzt ... Moment, wie? Ah so, es hat wohl einen Brand in einem der Schlafsäle gegeben, aber man konnte alle Kinder rechtzeitig evakuieren. Verstehen Sie, Baumann? Ihr ist nichts passiert! Das ist doch die Hauptsache, nicht wahr? Sie dürfen ihr sogar antworten. Hier, ich habe Ihnen Schreibzeug mitgebracht.«

Er legte es zu den anderen Sachen.

»Ja, also, denken Sie einmal über das nach, was ich gesagt habe. Ich bin sicher, Sie werden erkennen, was für Sie das Richtige ist.«

Er nickte Baumann zu und verließ die Zelle.

Der Mann auf der Pritsche saß noch lange Zeit regungslos. Dann nahm er den Stift auf und griff nach dem Manuskript.

Rosemarie Pfirschke

Abgehauen

Morgens auf dem Bahnhof. Kalt, zugig, eine Lautsprecherstimme schickt Informationen in die Menschenmasse. Türenknallen, Pfeifen, An- und Abfahrt der Züge. In der Bahnhofsvorhalle Drängeln und Schieben. »Haben Sie vielleicht einen Euro für mich?« Langsam gehe ich vorbei an den Reisenden, bleibe ab und zu mit ausgestreckter Hand stehen. Dann die Treppen hoch auf die Bahnsteige, dahin, wo sie warten müssen. »Haben Sie vielleicht ...?« Die mit den teuren Koffern geben nie etwas, eher die alten Frauen mit den gutmütigen Gesichtern, diese Omis, die an ihre Enkel denken. Sie drücken mir das Geld in die Hand mit der Ermahnung, ich solle mir doch besser eine Arbeit suchen. »Danke. Mach ich.« »Haben Sie vielleicht ...?« »Kannst dir was verdienen, Mädchen. Musst nur ein bisschen lieb zu mir sein.« Eine Stimme dicht an meinem Ohr, eine Hand, die nach meinem Arm greift. »Hau ab, alter Penner!« »Haben Sie vielleicht ...?« Kein guter Tag heute. Nur zwei Euros und ein paar Cents.

Ich verlasse den Bahnhof, setze mich auf die Stufen zur Domplatte mit dem Rucksack zwischen den Knien, den Kopf in die Hände gestützt. Mein iPod fehlt mir, meine Musik, in die ich abtauchen könnte. Hat mir einer geklaut, einfach aus der Hand gerissen. An der Ecke haben sich ein paar Kumpels versammelt, halten die Bierflaschen hoch, winken mir zu, ich solle kommen. Kein Bock auf Gesellschaft. Lieber an gestern Abend denken, an den Typen, der plötzlich auf der Rheinwiese aufgetaucht war. Er stand einfach da und starrte zu mir herüber. Da bin ich zu ihm gegangen.

»Was glotzt du mich so an?«

»Weil du mir gefällst, Prinzessin.«

Wir haben uns auf die Wiese gesetzt und Bier getrunken. Gut sah er aus, dieser Typ, groß, mit breiten Schultern und langem schwarzen Haar. Geile Klamotten hatte er an. Am Handgelenk ein goldenes Kettchen. Geredet hat er kaum. Später ist er mit mir ins Gebüsch gegangen. In meinem Kopf ein Feuerwerk, Blitze, die durch meinen Körper zuckten, rauf und runter rasen wie auf einer Achterbahn, bis ich schrie und er mir den Mund zuhielt. Als ich aufwachte, allein und mit brummendem Schädel, war es schon hell, meine Klamotten nass vom Tau. Prinzessin hat der Typ mich genannt und gesagt, ich sei hübsch und genau die Richtige für ihn. Es kribbelt im Bauch und irgendwie wird mir heiß, wenn ich an ihn denke.

»Haben Sie vielleicht ...?«

»Eine Schande, diese Bettelei.« Ein brauner Schuh schießt in meine Richtung, trifft meinen Oberschenkel. »Scheißkerl!«

Hier kann ich nicht sitzen bleiben. Zu viele Menschen. Auf der Straße ein Polizeiauto. Das hat mir gerade noch gefehlt. Ich haue ab, gehe durch die Altstadt, vorbei an den Kneipen. Essensgeruch, Tellerklappern. Mein Magen meldet sich. Auf der Uferpromenade lege ich mich auf eine Bank und lasse mich von der Sonne wärmen.

»Hallo, Prinzessin!« Es rüttelt an meinem Arm. Ich reiße die Augen auf. Wie durch einen Schleier sehe ich den Typen von gestern. Träume ich?

»Starr mich nicht so an. Ich bin kein Geist.« Er nimmt meine Hand und zieht mich hoch. »Komm mit!«

Mit zitternden Knien gehe ich hinter ihm her zum Parkplatz. »Steig ein!«, sagt er und öffnet die Tür von einem roten Golf. In hohem Tempo durch die Stadt. Dröhnende Musik aus den Lautsprechern. Er reicht mir eine Dose Cola, verspricht eine Pizza an der nächsten Tanke.

»Wie heißt du?« »Frank. Und du?« »Jenny.«

In einem Supermarkt kauft er einen Kasten Bier, zwei Flaschen Schnaps und einige Lebensmittel. »Wohin fahren wir?« Keine Antwort. Nur das Trommeln seiner Finger auf dem Lenkrad.

Wir verlassen die Straße, biegen in einen Feldweg ein, fahren hinunter zum Baggersee, eine Staubfahne hinter uns her ziehend. Vor einer Baubude hält er an. »Endstation!« »Hier?« »Ja, hier. Ein Schloss bekommst du später, Prinzessin.«

Er lacht, hebt mich hoch, küsst mich. In der Baubude ein Tisch und eine Bank, auf dem Boden eine Matratze mit einer alten grauen Decke. Wir essen und trinken, trinken so lange, bis ich ihn nur noch verschwommen sehe. Stählerne Arme, die mich auf die Matratze drücken, hart, fordernd. Ich sehne mich nach den Blitzen, nach der Achterbahn. Vergeblich. Alles geht so schnell. Draußen wird es dunkel. Vor dem kleinen Fenster schaukelt der Vollmond.

»Komm«, sagt er, »wir gehen schwimmen.«

Hinunter zum Baggersee, nackt, Hand in Hand. Er stößt mich ins eiskalte Wasser. Ich schreie, er lacht. Wütend klettere ich die Böschung hoch. »Gemeiner Kerl.« Seine starken Arme umfassen mich. In meinem

Bauch das Kribbeln. Spitze Steine bohren sich in meinen Rücken, zentnerschweres Gewicht auf mir. Später weine ich auf der Matratze.

Am nächsten Morgen sagt er, ich sei jetzt seine Partnerin für gewisse Geschäfte, spricht von viel Geld, das wir bald haben werden, wenn ich ihm helfe.

»Und dann hauen wir beide ab.« »Nach Italien, Spanien?« »Wohin du willst.« »In den Süden will ich, ans Meer. Was soll ich tun?« »Das verrate ich dir, wenn es so weit ist.«

Den ganzen Tag kurven wir durch die Straßen, parken vor einigen Häusern. Durch ein Fernglas beobachtet er die Menschen, guckt auf die Namensschilder an den Türen und telefoniert in verschiedenen Telefonzellen. Nach jedem Anruf wird er wütender, tritt mit dem Fuß gegen die Reifen, dass die Karre wackelt, brüllt mich an, ich solle die Klappe halten und ihn nicht mit Fragen löchern. Abends in der Baubude blättert er in einem Telefonbuch. »Was machst du?« Keine Antwort. Auf der Matratze lässt er seinen Frust an mir aus.

Am nächsten Tag das gleiche Spiel. Allmählich nervt es mich, immer nur im Auto zu sitzen und mich von ihm anschreien zu lassen. Ich wünsche mir, dass er endlich das Geld bekommt, damit wir in den Süden fahren können. Gegen Mittag kommt er mit grinsendem Gesicht aus der Telefonzelle. »Alles paletti!« Wir fahren auf einen Parkplatz.

»Leichte Beute«, sagt er zufrieden. »War ganz einfach. Die Alte ist völlig auf Familie abgefahren. Glaubt, ich wäre ihr Enkel Thomas, von dem sie seit einer Ewigkeit nichts mehr gehört hat. Auch die Story von meinem Jungen hat sie mir abgenommen. Er sei sehr krank, hab ich ihr gesagt, und müsse sofort hier in Köln in einer Spezialklinik behandelt werden mit einem teuren Medikament aus Amerika. Und dafür brauchte ich noch heute eine größere Summe. Vor Mitleid geheult hat sie sogar.«

Ich starre ihn verblüfft an. »Du hast einen Sohn?«

»Natürlich nicht. Den hab ich nur erfunden, damit uns die Alte die Knete gibt. Dreitausend Mäuse kann sie locker machen.« Laut lachend schlägt er sich auf die Oberschenkel.

»Ich verstehe das nicht. Du rufst eine fremde Frau an, tust so, als wärst du ihr Enkel, jammerst ihr was von einem kranken Kind vor, und sie gibt dir einfach das viele Geld?«

»Leihen soll sie es mir bis Montag, hab ich ihr gesagt. Dann bekäme sie es wieder. Aber am Montag sind wir über alle Berge.«

Endlich geht mir ein Licht auf. »Abzocken willst du sie. Nicht mit mir.«

»Jetzt mach bloß keine Zicken, sonst kannst du mich mal kennen lernen.« Seine Hände legen sich um meinen Hals.

»Ist o.k., Frank.«

Wir fahren in eine der Seitenstraßen und halten vor einer Reihe grauer Mietshäuser.

»Was machen wir jetzt?«, frage ich.

»Warten.« »Worauf?«

»Auf die Oma natürlich, wenn sie das Geld holt. Muss erst einen Mittagsschlaf halten.«

Er zeigt auf das Haus mit der Nummer 123. Unten ein Gemüsegeschäft, daneben ein Dönerimbiss. Um kurz nach drei kommt tatsächlich eine alte Frau aus dem

Haus mit einem kleinen weißen Hund an der Leine, die Tasche fest unter den Arm geklemmt. Frank springt aus dem Auto. »Du bleibst hier!« In großem Abstand läuft er hinter ihr her. Nach einer halben Stunde sind beide wieder zurück. Die Frau geht ins Haus und wir fahren zur nächsten Telefonzelle.

»Nun hör mir mal gut zu«, sagt Frank auf eine Art, die mir ein wenig Angst macht. »Ich rufe die Alte jetzt an und sage ihr, dass ich nicht selbst kommen kann, weil ich bei dem Jungen bleiben muss.« Er überlegt einen Moment. »Tobias heißt der Junge, hab ich ihr gesagt. Merk es dir. Also, der liebe Thomas kann nicht kommen und schickt seine Freundin, die Mutter von dem Kind. Ihr kann sie das Geld geben. Ich sage ihr genau, wie du aussiehst und was du anhast und dass ich dir einen Zettel mitgebe, so eine Art Bestätigung.«

»Und dann?«

Er rauft sich die Haare. »Was und dann? Du gehst hin, machst einen auf traurige Mutter, lässt dich auf kein Gespräch mit der Oma ein, sagst, du hast es eilig wegen dem kranken Kind, nimmst den Schotter und wir machen die Biege.«

Mir wird heiß. »Nein, das kann ich nicht.«

Er rastet aus. »Sag das nicht noch einmal. Wehe, du machst es nicht. Ein Anruf bei der Polizei genügt. Jenny Gabler aus Berlin, sechzehn Jahre, von zu Hause abgehauen, treibt sich rum, bettelt. Das reicht, um dich in ein Heim zu stecken oder zurück in den Schoß deiner lieben Familie. Also, entweder Süden und Meer oder zurück nach Berlin.« Er wedelt mit meinem Personalausweis.

Entsetzt starre ich ihn an. »Woher weißt du das alles über mich?«

»Ich weiß es eben. Bin doch nicht blöd. Hab mich erkundigt, dich beobachtet. Nehme nicht jede hergelaufene Tussi für meine Geschäfte.«

Er geht, und ich frage mich, ob ich nicht besser verschwinden soll. Nee, denke ich, will nicht zurück nach Berlin-Marzahn in die öde Plattensiedlung, zu meiner Mutter, die nur im Bett liegt oder vor der Glotze sitzt, zu ihrem Lover, der in unserer Wohnung herumhängt und säuft, und zu meinen vier kleinen Geschwistern, um die ich mich kümmern muss. Will auch nicht mehr zurück in die Schule zu den Paukern, die mir ständig drohen, ich müsse bessere Leistungen bringen, und die nicht kapieren, dass mir bei all dem Stress zu Hause keine Zeit zum Lernen bleibt. Frei sein will ich, nach Italien oder Spanien abhauen, wo die Sonne immer scheint, die Menschen fröhlich sind, wo man das Leben genießen kann. »Ich fahre nur bis Köln«, hatte der Brummi-Fahrer gesagt. Gut, hab ich mir gedacht, bleib ich erst mal in Köln. Ist vielleicht ein prima Platz, um ein paar Euros zu schnorren für die Reise.

Die Wagentür öffnet sich. Er zieht mich raus, schiebt mich vor sich her bis zu dem Haus mit der Nummer 123, zeigt auf das Namensschild an der Klingel. ‚Schmitz‘. Ich spüre seine Hand in meinem Nacken.

»Denk dran, keine Zicken und lass dich von der Alten nicht ausfragen.«

Ich nicke. Die Haustür steht offen. Ein dunkler Hausflur. In der Ecke türmen sich Prospekte und Zeitungen. Es riecht nach scharfen Gewürzen. Irgendwo plärrt ein Kind. Endlich! An einer Wohnungstür in der zweiten

Etage ein Schild ‚Schmitz‘. Ich drücke auf die Klingel. Hundegebell. Die Tür öffnet sich. Eine alte Frau lächelt mich an. Große Augen hinter dicken Brillengläsern. Ihr Gesicht rund und rosig. Der Hund drängt sich an ihr vorbei, beschnuppert mich, lässt sich streicheln.

»Du bist also die Freundin von Thomas und die Mutter von dem kleinen Tobias«, sagt die alte Frau. Sie nimmt meine Hand. »So jung und schon ein krankes Kind.« Dann zieht sie mich ins Wohnzimmer. Es riecht nach frisch geputzt und Kaffee. Ich mag den Geruch. »Setz dich!« Sie zeigt auf das Sofa mit den Häkeldeckchen über den Lehnen. Alles so ordentlich, gemütlich.

»Nein, danke. Muss gleich zurück in die Klinik.«

»Nur ein Glas Saft. Das wird dir gut tun.«

Aus der Küche holt sie ein Glas Orangensaft und einen Teller mit Plätzchen. Ich setze mich auf das Sofa, vorn auf die Kante, streichele den Hund.

»So sah dein Thomas mit sechs aus«, sagt die Frau und schiebt das Foto von einem Jungen mit Schultüte über den Tisch. Ich zwinge mich zu einem Lächeln, will ihr sagen, dass ich jetzt gehen muss, aber sie redet immer weiter über die Scheidung von Thomas Eltern vor vielen Jahren und dass sie ihren Enkel seitdem nicht mehr gesehen hat, über ihren Sohn, der viel arbeitet und nur ab und zu sonntags anruft, über die Einsamkeit, weil die meisten in ihrem Alter schon gestorben sind. Endlich geht sie zum Schrank und holt einen Umschlag aus der Schublade.

»Dreitausend Euro«, sagt sie und drückt mir den Umschlag in die Hand.

»Danke! Am Montag bringen wir das Geld zurück.«

An der Tür gibt sie mir tatsächlich einen Kuss. »Du gehörst doch zur Familie, als Mutter von meinem Urenkel. Grüß Thomas und sag ihm, er soll mich anrufen, wenn es dem Kleinen besser geht, damit ich ihn in der Klinik besuchen kann.«

Ihre Augen werden feucht. Sie drückt mir etwas in die Hand. »Für Tobias. Kauf ihm was Schönes.« Ein Zehn-Euro-Schein. Ich muss schlucken, würde am liebsten heulen.

Auf der anderen Straßenseite wartet Frank. »Na, endlich!« Er reißt mir den Umschlag aus der Hand und steigt ins Auto. Ich will die Beifahrertür öffnen. Abgeschlossen. Der Motor heult auf. »Frank, warte!« »Worauf?«, schreit er durch das geöffnete Seitenfenster. Aus dem fahrenden Wagen fliegt mein Rucksack, landet auf der Straße. Ich hole ihn, setze mich auf die Bordsteinkante, starre in den grauen Himmel. Später laufe ich durch die Straßen, weiß nicht mehr, wo ich bin, und stehe plötzlich wieder vor dem Haus der alten Frau. Am liebsten würde ich klingeln, zu ihr rauf gehen in die gemütliche Wohnung, die nach frisch geputzt riecht und Kaffee, würde den Hund streicheln, Saft trinken und mit der Oma reden, die auch so allein ist. Ich würde ihr sagen, dass ein mieser Gangster sie betrogen hat und mich auch. Keine gute Idee, denke ich. Sie könnte die Polizei holen, die mich einsperrt oder zurückbringt nach Berlin.

Bahnsteig drei. »Haben Sie vielleicht ...«

Wolfgang Kaufmann

Anhalter

Das Ganze fing an kurz hinter Barcelona. Wir waren mit dem großen Chausson unterwegs. Ein früher Septembermorgen an einer Tankstelle. Noch war es empfindlich kühl.

Zwei traditionell gekleidete deutsche Wandergesellen. In ihrer schwarzen Kluft und den großen Hüten sehen sie aus wie ein Reklamebild für die wandernde Zunft. Fröstelnd stehen sie da, ein Zimmermann und eine Schreinerin. Große, robuste Typen. Schüchtern blicken sie auf das Wohnmobil. Auf den ersten Blick junge Gesichter. Ich frage nach ihrem Ziel. Bis Valencia wäre nett, meint der Mann, um dann nach Westen in Richtung Portugal weiter zu trampen.

Meine Frau ist nachtragend. Zugegeben, nach den sieben Stunden mit dem Ziegenhirt hatte unser Wagen wie ein Hammelstall gestunken. Aber das ist doch Jahre her. Danach hat sie mich genötigt, keine Anhalter mehr mitzunehmen. Sie wirft mir also einen strengen Blick zu, den ich geflissentlich übersehe. Ich finde es unfair, die beiden draußen in der Kälte stehen zu lassen, zumal der Chausson für sechs Personen konzipiert ist. So öffne ich die Seitentür und beordere sie an den Tisch in unserem ‚Wohnzimmer‘. An seinem Gürtel hängt an einer Lederschlaufe sein Wahrzeichen, der schwere Hammer mit der scharfen Schneide. Er ist ihm unbequem und so legt er ihn auf den Tisch.

Drinnen ist es deutlich wärmer. In aufgetautem Zustand beginnen die beiden zu altern. Sie scheint knapp über dreißig, er um die vierzig zu sein. Um den Mund herum hat er ein paar harte Falten. Von unseren Plätzen – ich auf dem Fahrersitz und er am Tisch – haben wir für den Verlauf der Fahrt kaum Blickkontakt zueinander. Aber ich kann ihn hören. Er redet, sie schweigt.

Mittlerweile haben sie von meiner Frau erfahren, dass wir von Algeciras aus nach Afrika übersetzen wollen, und er meint, dass man unter diesen Umständen auch etwas später nach Portugal abbiegen könne. Mir ist es egal. Da wir durchs Landesinnere fahren, wird Albacete als Ziel beschlossen. Sie sind hungrig, und wir schieben den beiden alle Süßigkeiten zu, die zwischen unsere Vorräte geraten sind. Für mich kein schwerer Verlust.

Der Bursche ist bereits seit etlichen Jahren auf der Walz. Er hat eine tiefe Stimme und ist ein gewandter Unterhalter. Immer neue Geschichten hat er auf Lager, von gutherzigen Menschen in allen Teilen Europas, die ihn freigehalten haben. Idyllische Bilder. Zusammenfassend meint er, Ausländer seien generell großzügiger als Deutsche. Dem verarmten Wandersmann würde stets ein Bett geboten. Im Geiste kalkuliert er wohl die Anzahl der im Camper zur Verfügung stehenden Schlafstätten. Ich bestätige sein Urteil über unsere Landsleute und tue nichts, um seine Meinung zu ändern. Ein altes Ehepaar, das sich im einsamen Süden Spaniens wildfremde Menschen zur Übernachtung in sein mobiles Heim holt, hat nicht mehr alle Tassen im Schrank. Meine Frau hat als Beifahrerin häufiger Gelegenheit einen Blick auf unsere Gäste zu werfen. Auch sie merkt, wie sie sich langsam aber sicher einnisten. Das mokante Zucken ihrer Mundwinkel, das Rümpfen der Nase zeigen, dass sie mir den übel riechenden Ziegenhirt noch nicht vergeben hat.

Auch Albacete erweist sich für den Zimmermann und seine Kumpanin, die noch immer kein Wort gesprochen hat, nicht als ideale Lösung. Um den Camper zu verlassen und nach Portugal weiter zu trampen, wäre doch auch Jaen geeignet. Mittlerweile hat die Dämmerung eingesetzt und es ist wieder kühler geworden. Ich beginne zu bedauern, nicht häufiger auf meine bessere Hälfte zu hören. Eigentlich wollte ich längst auf einem Campingplatz stehen, spüre aber, dass ich die zwei Läuse auch dort nicht mehr aus dem Pelz kriege. Des Kutschierens bin ich jedenfalls müde. Unter normalen Umständen hätte ich das Steuer des Chausson auf der einsamen Autobahn meiner Frau überlassen. Aber mit unseren Langzeitgästen an Bord möchte ich das Lenkrad lieber selbst in der Hand behalten.

Zu meinem Missfallen verlässt er seinen Platz am Tisch und platziert sich auf einen schmalen Sitz direkt hinter uns. Auf Tuchfühlung – wie angenehm. Der Wagen rollt weiter in den Süden. Die Autobahn wird schlechter. Leise klirrt der Hammer im Takt der Schlaglöcher auf dem Tisch. In Portugal wollen sie nach Arbeit suchen. Ich frage ihn, ob sie Kenntnis der Landessprache haben. Nein, antwortet er mürrisch, nicht einmal Spanisch. Ich drehe kurz den Kopf. Seine Miene ist düsterer geworden. Dann sehe ich etwas anderes. Neben dem Tisch, habe ich eine gefüllte Gasflasche abgestellt und vergessen sie wegzuräumen. Ein schweres Teil. Die schweigsame Schreinerin fühlt sich wohl von ihr gestört, denn sie beugt sich zur Seite und hebt sie an. Hebt sie an und stellt sie vorsichtig wie eine Porzellanvase unter den Tisch. Mir verschlägt es den Atem. Sechzehn Kilo und das mit einem Arm. Mein Gott, hat das Weib

Kraft! Ein unangenehmer Gedanke. Ist die Schweigsame eine Frau? Also rausschmeißen kann ich die beiden nicht.

Während wir an einem verlassenen Rasthof in Jaen vorbeifahren, entwindet der Klempner meiner Frau kurzerhand unsere Spanienkarte. Verärgert schalte ich das Innenlicht an. Mit einem dicken Zeigefinger fährt er die Straße entlang. Bedenklich meint er dann, auch das auf dem Weg gelegene Granada sei für ihre weitere Route nicht ideal. Er wechselt das Thema und meint, der Schreinerin sei nicht wohl. Er flüstert ihr etwas zu. Wortlos bewegt sie sich nach hinten und streckt sich auf dem Bett meiner Frau aus. Ihre schweren Schuhe sind hoffentlich geputzt. Sie zieht sie nicht aus.

Langsam wird mir mulmig. Auch meine Frau ist seit einiger Zeit recht still. Sie schiebt mir einen Zettel zu. Im matten Licht des Navi lese ich ‚Die Schreinerin hat noch kein Wort gesprochen. Stimmt da was nicht?‘ Gute Frage.

Für kurze Zeit schweigt unser Begleiter. Dann kommt ein neuer Vorschlag. Es wäre für uns bestimmt interessant nach Westen abzubiegen, um die großartige Landschaft Portugals zu sehen. Wir müssten ohnehin bald tanken. Für alte Menschen sei diese Fahrerei zu anstrengend. Ab dann könne ich ausruhen. Er würde den Camper selbst steuern.

Es langt. Es ist höchste Zeit, dass ich klar mache, wer hier Koch und wer der Kellner ist. In barschem Ton erkläre ich, dass ich sie am nächsten Rasthof in Granada vor die Tür setze. Zwischen Wollen und Können liegt ein feiner Unterschied.

Ohne im Geringsten auf meine Worte einzugehen, erklärt er, für alte Menschen, sei es weit sicherer, in diesen Ländern des Nachts nicht allein zu reisen. Da er schon mal bei uns im Wagen sei, trüge er die Verantwortung. Die Wanderzunft hätte feste sittliche Normen und hohe soziale Kompetenz. Ob er nun wolle oder nicht, er sei gezwungen zu bleiben.

Die Scheinwerfer des Chausson durchschneiden die Nacht. Im Wagen ist es jetzt stockdunkel. Der Hammer klirrt nicht mehr auf der Tischplatte. Vermutlich hält er ihn in der Hand. Seine tiefe Stimme wird rauer und nimmt ein seltsames Stakkato an. Der harmonische Grundton seiner Erzählungen ist verschwunden. Er habe scheußliche Geschichten gehört, berichtet er, Dinge, die älteren Touristen passiert seien, die in Spanien während der Nacht überfallen wurden. Ein Wagen einfach angezündet. Die Insassen bei lebendigem Leib verbrannt.

Na gut, denke ich – und pflichte ihm bei. Scheußliche Sache. Leider habe er völlig recht. Diese Dinge seien nur zu oft passiert. Für die lokale Polizei ein Alptraum. Völlig überfordert. Ich sattle noch eins drauf. Letztes Jahr seien wir in Málaga Zeugen gewesen, wie sie bei einem deutschen Pärchen, lediglich der Herumtreiberei verdächtig, die Kontrolle verloren hätte. Schemenhaft sehe ich, wie sich sein Kopf ruckartig nach vorne dreht. Und so fahre ich mit trauriger Stimme fort, bis zu dem Vorfall hätte ich gar nicht gewusst, wie hässlich das Geräusch von Schlagstöcken klingt, wenn sie gegen so junge Menschen eingesetzt werden. Der Bursche hätte einmal fürchterlich aufgeschrien. Ihm hätten sie, so stand am nächsten Morgen in der Zeitung, den Ellenbogen gebrochen.

Kein Kommentar von seiner Seite. Die nächsten Kilometer verlaufen schweigend. Viele Tankstellen unbeleuchtet und außer Betrieb. Die Autobahn um Granada ist gespickt mit Rastplätzen. Alle leer. Mir ist klar, auf einem solchen Platz werde ich sie nie im Leben los und bin nahe dran aufzugeben. Da sehe ich ein einsames Blaulicht blitzen, setze den Blinker und biege ab. Tatsächlich, spanische Polizei auf einem völlig leeren Parkplatz. Warum der Wagen da blinkt, ist nicht ersichtlich. Angestrahlt von den blauen Lampen öffne ich das Fenster. Zu meiner Enttäuschung kann ich niemanden im Wagen erkennen. Mir bleibt keine Wahl.

»Puede decirme la hora?«

Diesen Satz hatte ich mir während der letzten Sekunden zurecht gelegt. Man kann die Herren ja mal nach der Uhrzeit fragen. Die Frage verhallt. Niemand steigt aus dem Fahrzeug. Verdammte Kacke. Tatsächlich leer. Verzweifelt improvisiere ich wirres Zeug und frage, indem ich nach jedem Satz eine Pause einlege, auf Spanisch nach dem Preis eines Frühstücks mit Eiern, dann einem Dreibettzimmer mit Dusche. Erst nach einer guten Minute schließe ich meinen Monolog:

»Sí Sí – y muchas gracias.«

»Was hat er gesagt?«, fragt meine Frau, die den leeren Wagen nicht sehen kann, arglos.

»Dass er uns jederzeit helfen würde«, antworte ich.

Dann richte ich mich an den Tramper und die schweigende Schreinerin.

»Darf ich Sie bitten, jetzt auszusteigen!«

Mein Tonfall lässt keinen Zweifel, dass es sich um keine Bitte handelt. Mein reiselustiger Wandersmann versteht das genau. Er ist verunsichert. Dass das Fahrzeug neben uns verlassen ist, kann er aus seiner Position nicht erkennen.

Endlich steht er samt Gefährtin wieder in der Kälte. Ich gebe Gas. Wir haben uns nicht mehr die Hand gegeben. Diese Gesellen sind gerissene Burschen – mit hoher sozialer Kompetenz.

Christel Kehl-Kochanek

Und er?

Starr vor Angst liegt sie im Bett, als ihr bewusst wird, dass die Gestalt, die im Scheinwerferlicht der vorbeilärmenden Autos immer wieder erkennbar wird, kein Traumwesen sondern erschreckende Realität ist. Sie wagt nicht sich zu bewegen. Sich schlafend stellen! Nur nicht zeigen, dass sie wach ist, dass er beobachtet wird! Als sie bemerkt, dass der Eindringling sich ihrem Bett nähert, beißt sie die Zähne aufeinander, um nicht zu schreien. Sie hört, dass er ihre Nachttischschublade aufzieht. Da wagt sie es zu blinzeln und sieht die bandagierte Hand. Doch nur ein Traum? Der Dieb schleicht zur Tür, wird von dem hereinfallenden Flurlicht beleuchtet, eine große, sehr schlanke dunkelhaarige Gestalt. Immer noch ist sie nicht in der Lage sich zu bewegen. Schweißnass und zitternd nimmt sie die vorbeihuschenden Lichter und den Lärm der Großstadtnacht wahr. Irgendwann lässt der Krampf nach. Sie greift nach der Taschenlampe auf ihrem Nachttisch. Die Schublade ist noch geöffnet. Ihr Portemonnaie ist verschwunden. Sie fasst unter ihr Kopfkissen, atmet erleichtert auf, als sie den Brustbeutel, in dem sich ihre Papiere und ein größerer Rubelschein befindet, ertastet.

An Schlafen ist in dieser Nacht nicht mehr zu denken. Sie wartet auf den Morgen, steht auf, macht sich fertig für den neuen Urlaubstag.

An der Rezeption herrscht große Aufregung. Zwei weitere Damen aus der Reisegruppe sind bestohlen worden.

»Es kann nur jemand vom Personal gewesen sein!«, ruft Frau Reichert empört. »Ich hatte abgeschlossen – zweimal! Da muss doch jemand den Schlüssel gehabt haben! Ich habe ihn beim Rausgehen noch gesehen. Groß und schlank – dunkle Haare. »Ja, bestätigt Frau Krüger, »groß, schlank und dunkel.«

»Und Sie?«, wird Barbara gefragt, »haben Sie ihn auch gesehen?« Barbara nickt. »Ja, groß, schlank, dunkel und ...« Fragend schaut Frau Reichert sie an. »Und was?« »Nichts weiter«, entgegnet Barbara, »groß, schlank und dunkel – das stimmt mit meiner Beobachtung überein.«

Frau Reichert beharrt auf einer Gegenüberstellung des Personals. Das wird für Montagabend versprochen, da jetzt am Wochenende nicht alle Angestellten im Hause sind.

Von den Besichtigungen und den erklärenden Worten der jeweils Führenden bekommt Barbara heute nur wenig mit. Immer wieder schweifen ihre Gedanken ab zu dem nächtlichen Geschehen, der bandagierten Hand in ihrer Nachttischschublade. Viel war in ihrem Portemonnaie nicht. Für den Bildband, den sie sich gestern kaufen wollte, hatte es schon nicht mehr gereicht. Der Verlust hielt sich also in Grenzen. Aber einfach in ihr Zimmer eindringen und stehlen? Nein, von jetzt an wird sie an jedem Abend mit unguten Gefühlen ins Bett steigen und wahrscheinlich froh sein, wenn es wieder Morgen wird.

Selbst auf der Twerskaja, der schönsten Einkaufsstraße der Stadt, nimmt sie die Juwelen in den Schaufenstern, die Rolexuhren, Escada- und Diorauslagen nur im Vorübergehen wahr. Und auch die Bentleys und 600er-Mercedes-Limousinen vor dem Hyatt Hotel versetzen sie nicht einmal mehr in Erstaunen.

Vor der Erlöserkirche wird sie von einer alten Frau angehalten. Die streckt bettelnd die Hand aus und zeigt mit der anderen auf einen Imbissstand, wo ärmlich gekleidete Menschen für wenige Rubel Blinis essen und Kwass trinken. »Hunger«, sagt sie auf deutsch. Barbara greift in ihre Manteltasche, um ihr ein paar Münzen zu geben; aber da fasst Marek, ihr Reiseführer, sie am Arm.

»Stop!«, gebietet er. »Wenn wir damit anfangen, sind wir gleich von Bettlertrauben umgeben. Stecken Sie Ihr Geld bitte wieder ein!« Barbara gehorcht; wendet sich schnell ab.

Wie sehr hatte sie sich auf St Petersburg und Moskau gefreut. Eremitage, Peterhof, Isaakkathedrale und anschließend jetzt hier in Moskau Bolschoitheater, Basilius Kathedrale, Erlöserkirche. Monatelang hatte sie sich vorbereitet, hatte es nicht erwarten können, all diese Kunstschätze endlich im Original zu sehen und zu erleben.

Sie bemüht sich, Marek zuzuhören, der gerade erzählt, dass diese Kirche 1997 auf den Fundamenten einer Schwimmhalle mit Spenden privater Sponsoren wieder errichtet wurde. Sponsoren für die Kirche; denkt Barbara. Sponsoren gegen den Hunger? Das Gefälle zwischen Reich und Arm scheint hier so tief wie die Schächte der Metrostationen, wo die Rolltreppen in beträchtlicher Geschwindigkeit in die Tiefe fahren.

Neben das Gesicht der alten Frau schiebt sich jetzt das des jungen hageren Mannes, der gestern auf Marek zugekommen war und auf ihn eingeredet hatte. Marek wollte ihn abschütteln. Doch der Mann hielt ihn trotz seiner bandagierten Hand fest, wies auf sie, die in unmittelbarer Nähe stand, und dann auf eine Frau auf der anderen Straßenseite. Sie kann diese Augen nicht vergessen, diese verzweifelten Augen. Marek stieß ihn schließlich von sich. Aber noch einmal traf sie sein Blick, bevor er die Straße überquerte und mit der Frau drüben davon ging.

Auf ihre Nachfrage hat Marek nur ärgerlich abgewinkt. »Diese Bettler, was die sich immer einfallen lassen, um an unser Geld zu kommen! Das ist hier eine wahre Plage! Hunger, kranke Frau, Haus abgebrannt usw. usw.« »Und er?«, hat sie gefragt, und ihren Herzschlag im Hals gespürt. »Der Strolch ist ganz konkret geworden«, schimpfte Marek, »er braucht unbedingt ein Antibiotikum , das er nicht bezahlen kann, für sein ach so todkrankes Kind!«

Barbara spürt jetzt so etwas wie Wut in sich aufsteigen. Verflixt, muss sie immer wieder daran denken! Sie ist hier, um die wunderbaren Kunstschätze dieser Stadt zu genießen, zu bewundern, sich daran zu erfreuen. Es ist ihre lang ersehnte Reise, für die sie seit zwei Jahren gespart hat!

Entschlossen wendet sie sich Marek wieder zu. »Für die Vergoldung der fünf Kuppeln beim Wiederaufbau wurden 12 kg Blattgold verwendet«, hört sie ihn sagen. Nein, jetzt nicht wieder darüber nachdenken, wie viele von den hier hungernden Menschen davon satt werden könnten! Barbara versucht sich mit aller Kraft auf die Ikonen zu konzentrieren, deren warme und satte Farben sie von jeher begeistert haben. Sie bleibt hinter der Gruppe zurück, vertieft sich in die Bilder. Vordergründiges Geschehen auf goldenem Hintergrund, ein Fenster in die geistliche Welt. Diese Kirchen atmen eine Frömmigkeit, die sie so zu Hause nicht erleben kann. Ob auch die vielen Armen und Verzweifelten hier herkommen, um Trost zu suchen?

Zurück im Hotel verabschiedet sie sich an diesem Abend früh. Sie ist müde. Die Scheinwerfer der vorbeifahrenden Autos malen Lichtkegel an die Wände ihres Zimmers. Das Brummen und Heulen der Motoren – keine Melodie, um sie in den Schlaf zu wiegen. Moskau, eine Stadt, die rund um die Uhr in Bewegung zu sein scheint ohne Ruhe zu finden. Die Bilder des Tages steigen auf, Erlöserkirche, Roter Platz, Sicherheitskontrollen, Mausoleum, kühle Dunkelheit, gläserner Schrein, Soldaten. Schnell weg von hier in die goldene Wärme des Bernsteinzimmers.

Es ist noch nicht einmal Mitternacht. Sie tastet nach ihrem Brustbeutel unter dem Kopfkissen, steht auf, kontrolliert, ob sie die Tür auch wirklich abgeschlossen hat. Besser noch den kleinen Tisch dagegen schieben und den Stuhl oben drauf stellen! Im Bad wäscht sie sich das Gesicht mit kaltem Wasser, schaut in den Spiegel und schüttelt den Kopf. Wieder im Bett wälzt sie sich von einer Seite auf die Andere und fällt erst gegen Morgen in einen ruhelosen Schlaf.

Am anderen Tag holt Mark die Gruppe wieder im Hotel ab. »Keine Wertsachen in Gesäß- Mantel- Jacken- oder auch Handtaschen!«, werden sie auch heute wieder aufgefordert.

Draußen vor der Eingangstüre steht eine Frau und bietet Maiglöckchen an. Wie alt mag sie sein? Das große dunkle Kopftuch lässt nicht viel von ihrem Gesicht erkennen. Gebückt nähert sie sich jetzt Frau Krüger, hält ihr mit einer flehenden Geste und unverständlichen Worten ein Sträußchen hin. Frau Krüger zögert einen Augenblick, greift dann in ihre Manteltasche und drückt der Frau ein paar Münzen in die Hand.

»Ich kann nicht immer daran vorbeigehen«, sagt sie entschuldigend zu Barbara, als sie sieht, dass die das Geschehen beobachtet hat. Schweigend gegen sie eine Weile nebeneinander her. Plötzlich bleibt Frau Krüger stehen, schaut sie mit gerunzelter Stirn an.

»Wie geht es Ihnen denn bei dem Gedanken an die Gegenüberstellung heute Abend?«, fragt sie. »Mir bereitet er ehrlich gestanden Bauchschmerzen. Eigentlich erinnere ich mich nur noch an meine Angst in der Einbruchsnacht. Zwar glaube ich, den Dieb gesehen – meine sogar einen Verband an seiner Hand wahrgenommen zu haben – aber weiß ich, ob mir meine Angst da nicht einen Streich spielt? In meinem Alter sollte man seinem Gedächtnis vor allem in einer so verzweifelten Situation nicht mehr trauen. Und für die paar Rubel, um die ich erleichtert wurde, jetzt möglicherweise jemanden einem unberechtigten Verdacht aussetzen – ich weiß nicht. Hätte ich gestern nur nichts gesagt!«

Barbara nickt verständnisvoll, atmet einmal tief durch. Einen kurzen Augenblick zögert sie, dann legt sie der alten Dame die Hand auf die Schulter und schlägt vor, sich am Vormittag von der Gruppe zu trennen, um sich in einem Café zu unterhalten und ein wenig zu erholen. Sie melden sich ab, versprechen pünktlich wieder im Hotel zu sein.

Nach dem Abendessen werden Frau Reichert, Frau Krüger und Barbara gemeinsam mit dem Personal in den Gesellschaftsraum gebeten. In einer langen Reihe stehen die Angestellten vor ihnen – Männer und Frauen – junge und alte. Barbara erkennt ihn sofort: Groß. hager, schwarze Haare mit einem Verband an der rechten Hand. Ihre Augen begegnen sich. Wieder sieht sie seine Verzweiflung und – ja, jetzt auch seine Angst. Auch ihr Herz klopft zum Zerspringen.

Frau Reichert geht die Reihe ab, bleibt vor ihm stehen. »Groß, schlank und dunkel«, sagt sie, »das könnte er sein.«

Aber noch bevor jemand darauf antworten kann, fragt Frau Krüger – und Barbara bewundert sie ob ihrer klaren, festen Stimme: »Hat der junge Mann die Verletzung an seiner Hand schon länger?«

Der Dolmetscher gibt die Frage weiter. Einige der Dienstboten nicken bestätigend. Der Personalchef fordert ihn auf, den Verband zu entfernen. Auf dem Handrücken kommt eine große, hässliche Wunde zum Vorschein.

»Dann kann er es nicht sein!«, sagt Frau Krüger bestimmt. »Ich habe genau gesehen, wie er mit der rechten
Hand nach dem Portemonnaie auf meinem Nachttisch
gegriffen hat. Die Laterne vor meinem Fenster beleuchtet den Raum ja leider trotz der Vorhänge so hell, dass
man alle Einzelheiten erkennen kann. Die Hand aber,
die mein Geld genommen hat, war weder verbunden
noch von einer derartigen Wunde entstellt.«

Barko Bartkowski

Die Abkürzung

Es war natürlich Max' Idee. Max hatte immer solche
verrückten Einfälle, und ich musste sie ihm dann wieder
ausreden. Das gelang mir nicht oft. Ich meine, wer hört
schon auf seinen kleinen Bruder?

Wie jeden Sommer fuhren wir wieder zu Tante Melanie, ‚aufs Land‘, wie meine Mutter das nannte. Ich glaube, sie war froh, uns mal für eine Weile los zu sein.

Tante Melanie freute sich immer, wenn Mutter uns für
drei Wochen bei ihr ablud. Max und ich freuten uns
auch. Wir lebten mitten in der Großstadt, und das kleine
Eifeldorf mit seinen Bauernhöfen und dem Wald drum
herum und dem stillgelegten Sägewerk war für uns ein
großer Abenteuerspielplatz.

Aber dieses Jahr war es anders. Wir waren älter geworden. Ich war elf und Max schon beinah vierzehn.
Die Spiele, die wir in den vergangenen Jahren zusam-

men gespielt hatten, kamen ihm jetzt kindisch und albern vor. Er langweilte sich und suchte nach neuen, aufregenderen Abenteuern.

An diesem Vormittag hingen wir am Bahnhof herum. Es war ein heißer Augusttag. Die Luft stand in dem engen Tal, und wir waren schon völlig durchgeschwitzt, als wir an der Station ankamen. Das war eigentlich nur so eine Art Bushaltestelle mit Schienen. Sie lag etwas außerhalb des Dorfes, an der Bergflanke, die das Tal nach Norden hin abschließt. Direkt hinter dem Bahnhof wurde die Strecke eingleisig und verschwand in einem Tunnel, und wir setzten uns in den Tunneleingang, wo es kühler war.

Der Tunnel führte durch den ganzen Berg hindurch, zum Nachbartal und zum nächsten größeren Dorf. Wir wussten das, weil wir mit Tante Melanie immer dorthin zum Einkaufen fuhren. Dazu mussten wir aber den ganzen Berg hinauf, eine Straße mit vielen engen Kurven und Windungen bis ganz nach oben auf den Kammrücken und dann auf der anderen Seite wieder hinunter. Der Weg durch den Tunnel musste viel kürzer sein.

»Hey, das ist die Idee!«, rief Max und schnippte mit den Fingern. »Wir können das doch mal ausprobieren. Wir gehen einfach durch den Tunnel! Ich wette, wir brauchen weniger als eine Stunde bis zum Supermarkt. Da können wir uns dann ein Eis holen und spazieren wieder zurück!«

Wie gesagt, Max hatte dauernd solche Einfälle. Er stürmte immer gleich drauf los. Deshalb musste ich der Vernünftige von uns beiden sein. Ich versuchte schon aus reiner Notwehr, ihn zu bremsen, denn ich bekam es unweigerlich mit ab, wenn er uns mal wieder in die Klemme gebracht hatte.

Aber diesmal hatte ich echt Schiss.

»Äh, Max ... da drin ist es dunkel!«

»Na und? Fürchtest du dich etwa im Dustern? Du bist doch kein Baby mehr!«

»Quatsch! Aber wie sollen wir denn was sehen?« Ich reckte den Hals, um in den Tunnel zu schauen. »Man kann das andere Ende gar nicht erkennen. Der Tunnel ist doch bestimmt ... oh, einen Kilometer lang oder so! Wie sollen wir das denn im Dunkeln schaffen?«

»Ach was! Das sind bestimmt nur ein paar Hundert Meter. Der Tunnel macht 'ne Kurve, deshalb kannst du das Ende nicht sehen. Außerdem, ich hab ja mein Feuerzeug dabei.« Er stand auf und ging ein paar Schritte in die Röhre hinein. »Los, komm! Das wird cool!«

Ich war noch nicht überzeugt.

»Äh, Max?«

»Was denn noch? Kommst du jetzt oder nicht?«

»Was ist, wenn ein Zug kommt?«

»Ach was, hier fahren doch kaum noch welche. Höchstens drei- oder viermal am Tag.«

»Aber wenn gerade jetzt einer kommt?«

Max zögerte. Dann kam er wieder aus dem Tunneleingang hervor. Er rollte theatralisch mit den Augen, um ganz deutlich zu zeigen, dass er das nur meinetwegen tat, aber ich glaube, er war jetzt auch unsicher geworden.

»Okay, ich weiß was: wir gehen zum Bahnhof zurück und schauen nach, wann der nächste Zug fällig ist! Dann können wir ganz sicher sein!«

Er machte sich mit großen Schritten auf den Weg. Ich folgte ihm etwas langsamer, sodass er die Kästen mit den Fahrplänen schon erreicht hatte, als ich eintrudelte.

»Hier, schau selber!«, rief er. »Der nächste Zug ist erst um 13 Uhr 22 fällig.«

»Und aus der anderen Richtung?«

»Der kommt noch später! 14 Uhr 07! Bist du jetzt beruhigt?«

Er stiefelte schon wieder in Richtung Tunnel davon. »Was ist jetzt?«, rief er mir über die Schulter zu. »Kommst du endlich?!«

»Vielleicht gibt es Güterzüge ...«

»Mann, Dominik, hast du hier schon jemals einen Güterzug gesehen? Wir sind hier am Arsch der Welt! Hier ist alles stillgelegt, da fahren schon lange keine Güterzüge mehr!

Weißt du was? Du hast doch Schiss vor der Dunkelheit! Du bist eine richtige Memme!«

So darf er mich nicht nennen! Ich biss die Zähne zusammen und folgte ihm.

Im Tunnel war es kühl und feucht. Das Licht wurde immer schwächer, und bald musste Max das Feuerzeug anknipsen. Die Flamme war nicht sehr hell, man konnte gerade so erkennen, wohin man trat. Ich drehte mich um, und der Tunneleingang war schon nicht mehr zu sehen. Max hatte wohl Recht gehabt, der Tunnel machte tatsächlich eine Kurve. Ich spähte angestrengt nach vorne, aber vom Ausgang war auch noch nichts zu sehen.

Max schwatzte die ganze Zeit munter drauf los:

»Hey, wenn das klappt, können wir das jeden Tag machen! Dann müssen wir nicht mehr warten, bis Tante Melanie wieder einkaufen fährt. Und wir können das andere Tal erforschen! Hast du die Burgruine auf dem Bergkamm gesehen? Und einen Steinbruch soll es da auch geben!«

Ich hörte ihm nicht zu. Ich dachte nach. Da war irgendetwas ... Etwas spukte in meinem Kopf herum, ließ mir keine Ruhe.

»Äh, Max ... was Tante Melanie da gestern beim Essen gesagt hat – über den Bahnhof ...«

»Dass wir da nicht spielen sollen? Wen kümmert das! Wenn's nach den Erwachsenen ginge, dürften wir überhaupt nirgendwo mehr hingehen!«

»Nein, ich meine ... sie hat doch gesagt, dass wir am Bahnhof nicht spielen sollen, weil da immer noch Züge durchfahren – obwohl sie die Station letzten Herbst stillgelegt haben.«

»Mann, wieso fängst du denn jetzt wieder damit an? Ich weiß, dass da Züge durchfahren. Aber der Nächste kommt doch erst in einer Stunde oder so. Du hast doch selber auf den Fahrplan gesehen! Also, was soll das Gesülze?«

»Max, der Fahrplan ... der Fahrplan am Bahnhof ... der sah doch schon richtig alt aus, nicht? Ich meine, ganz ausgeblichen und so ...«

»Ja und?«

»Ich glaube, das war noch ein Fahrplan vom letzten Jahr. Was ist, wenn die den Fahrplan inzwischen geändert haben? Glaubst du, dass die an einem stillgelegten Bahnhof noch neue Fahrpläne aushängen?«

In der Stille, die diesen Worten folgte, hörte man in der Ferne das Rollen von Rädern, das langsam lauter wurde.

Rüdiger Kaun

Umverteilung

Ein Mann sitzt vor der Tankstelle auf dem Mäuerchen. Vorher, als sie aus dem Fenster ihres Wohnzimmers gesehen hatte, saß er noch nicht da. Mehrmals am Tag wirft sie von ihrer Wohnung im ersten Stock einen Blick auf die Straße. Jetzt, da es später Vormittag ist, fahren nicht mehr so viele Autos vorbei. Zwei, drei stehen an einer der Zapfsäulen.

Jung muss der Mann sein. Keine zwanzig. Er trägt Jeans und ein blaues T-Shirt. Als sie nach dem Mittagessen erneut auf die Straße sieht, ist er immer noch da. Er sitzt in der prallen Sonne und scheint die vorbeifahrenden Autos zu beobachten. Neben ihm stehen zwei Bierflaschen.

Nach dem Essen legt sie sich immer für eine halbe Stunde aufs Sofa. Dann denkt sie an Andi, der seit zwei Jahren in den Staaten lebt. Es ist nicht einfach, wenn der einzige Sohn im Ausland arbeitet. Aber stolz ist sie, dass er direkt nach dem Studium eine Stelle angeboten bekommen hat. Und einmal die Woche ruft er an. Meist sonntags. Neulich hat er eine Postkarte geschickt. Vom Grand Canyon. Mit Nancy hat er einen Wochenendtrip gemacht. Sie hat die Karte auf den Küchentisch gestellt, um das Foto beim Essen betrachten zu können.

Wenn sie die Augen schließt, kommt ihr der atlantische Ozean in den Sinn und Nancy, die Andi erst vor Kurzem kennen gelernt hat.

Als der Mann um zwei Uhr immer noch vor der Tankstelle sitzt, fängt sie an, sich Gedanken zu machen. Über drei Stunden sind es nun. Wenn nicht noch länger. Normal ist das nicht.

Die Polizei zu verständigen kommt nicht in Frage. Sie hat schlechte Erfahrungen mit der Polizei gemacht. Vor einem halben Jahr hat sie wegen zwei dunklen Gestalten, die nachts um die Tankstelle herumgeschlichen sind, angerufen. Wie sie da abgefertigt worden ist! Ob sie sich nicht denken könne, dass er Besseres zu tun habe, als sich mit ‚dunklen Gestalten‘ zu beschäftigen, hat der Beamte zu ihr gesagt. Wie eine Querulantin ist sie sich vorgekommen.

Der Mann döst. Der Kopf ist ihm halb auf die Brust gefallen. Wahrscheinlich ist er angetrunken und dazu die Hitze.

Zwischen Waden und Oberschenkel hat er einen kleinen Rucksack geschoben. Der ist ihr vorher nicht aufgefallen.

Als Bruno noch lebte, sind sie manchmal in die Oper gegangen. In der Kommode, rechts in der obersten Schublade, muss der Operngucker noch liegen.

Vorsichtig schiebt sie die Stores zur Seite. Der erste Blick fällt auf ein Stück vergrößertes Blattwerk. Sie senkt das Glas. Jetzt hat sie die gelbe Dachumrandung der Tankstelle im Visier. Dann hat sie ihn, tastet sein Gesicht ab. Er ist jünger, als sie gedacht hat. Vielleicht achtzehn. Er scheint kaum Bartwuchs zu haben, dafür Pickel.

Plötzlich gerät sein Gesicht aus ihrem Blickfeld. Er räkelt sich, streckt die Beine aus. Dann, als spüre er, dass er beobachtet wird, reckt er den Kopf und schaut direkt zu ihr hinauf. Sie erstarrt. Langsam lässt sie das Opernglas sinken. Er hebt die Hand wie zum Gruß. Er winkt. Wem winkt er denn? Rückwärts, Schritt für Schritt, tritt sie vom Fenster zurück.

Als sie in der Küche Wasser für ihren Nachmittagstee aufsetzt, klingelt es. Um diese Zeit!? Sie macht nicht auf. Sie macht grundsätzlich nicht auf, wenn sie nicht weiß, wer es ist. Sie geht ins Schlafzimmer. Von dort aus kann sie sehen, wer vor der Haustür steht. Es steht niemand da. Sie geht ins Wohnzimmer und sieht, dass er weg ist.

Es klingelt erneut. Noch einmal schaut sie durch das Schlafzimmerfenster. Wieder kann sie niemanden vor der Haustür entdecken.

Als es zum dritten Mal klingelt, weiß sie, dass sich jemand im Treppenhaus befinden muss.

Wie oft hat sie den Mieter im zweiten Stock, einen jungen Mann, darauf hingewiesen, dass die Haustüre schlecht schließt und man sie deshalb zuziehen muss. Dass man sich bei nur drei Parteien nicht an ein paar Spielregeln halten kann! Ihm kann es egal sein. Tagsüber ist er nicht zu Hause. Und die Frau, die unter ihr wohnt, ist mal wieder verreist.

Es klopft. Im Treppenhaus hallt eine Stimme: »Hallo! Hallo! Ich weiß doch, dass Sie zu Hause sind.«

Soll sie nicht doch die Polizei rufen? Auf Strümpfen schleicht sie durch den Flur zum Spion. Ein junges, pickeliges Gesicht mimt Freundlichkeit.

»Jetzt schauen Sie durch den Spion. Das sieht man«, sagt die Stimme hinter der Tür. »Ich will Ihnen doch nichts tun. Ich habe nur eine Bitte.«

Eine Bitte! Das kennt man. Auf Zehenspitzen geht sie in die Küche, schließt behutsam die Tür. Er hat eine Bitte! Was für ein primitiver Trick! Jede Woche liest man von Leuten, die überfallen werden. Gott sei Dank, die Wohnungstür ist verriegelt. Sie hat Zeit.

Aber auch er hat Zeit. Er klingelt mehrmals, kratzt an der Tür, trommelt dagegen. Längst weiß er, dass sie alleine im Haus ist. Er hämmert mit der Faust gegen das Holz.

Irgendwann wird es still. Sie schaut auf die Uhr. Eine halbe Stunde lang wartet sie ab, blättert nervös in einer Illustrierten. Was sich dieser Mensch erlaubt! Dass sie sich von so einem Halbwüchsigen so etwas gefallen lässt! Dann wagt sie sich erneut vor den Spion.

»Bitte«, fleht er. Offenbar hat er sie sofort bemerkt. Er lehnt am Treppengeländer. »Bitte! Ich will doch nur telefonieren.«

Jämmerlich sieht er aus. Und sie lässt sich von so einem belagern!?

»Wenn Sie jetzt nicht abhauen, rufe ich die Polizei!«

»Ist mir egal«, sagt er, »die kenn' ich. Ich mach' ja nichts.«

Plötzlich dreht sie den Schlüssel herum und reißt die Tür auf.

»Raus!«, brüllt sie.

Damit hat er nicht gerechnet. Erschreckt, mit geweiteten Augen und halboffenem Mund, weicht er zurück.

»Machen Sie, dass Sie wegkommen!«

Ermutigt durch ihre eigene Courage setzt sie ihm noch einen Schritt nach.

Sie sieht seinen vom Bier und der Sonne benommenen Blick. Halb wendet er sich um, halb geht er rückwärts auf die Treppe zu, stolpert über die eigenen Füße. Gepolter hallt durch das Treppenhaus. Dann ist es still.

Sie blickt die Stufen hinab. Auf dem Zwischenstock liegt er. Das hat er davon! Aber wenn er sich etwas gebrochen hat!? Am liebsten würde sie einfach in ihre Wohnung zurückgehen und die Tür hinter sich abschließen. Und wenn er liegen bleibt? Am Ende macht sie sich wegen unterlassener Hilfeleistung strafbar. Vielleicht würde er behaupten, dass sie ihn hinuntergestoßen hat.

Er sitzt in der Küche. Vor sich ein Glas Sprudel. Er schweigt.

»Tut es weh?«, fragt sie pflichtschuldig.

Er schüttelt den Kopf.

»Aber schlecht ist Ihnen nicht?« – Sie kennt sich mit Gehirnerschütterung aus. Als Mutter eines Jungen.

Wieder schüttelt er den Kopf.

Wehleidig scheint er nicht zu sein. – Wie er aussieht. Mit der blutigen Beule auf der Stirn. Den Blutflecken auf dem T-Shirt. Weil er die Wunde angefasst hat.

»Soll ich einen Arzt holen?«, fragt sie sicherheitshalber.

»Nee.«

»Ich wollte doch nur telefonieren«, sagt er nach einer Weile.

»Haben Sie kein Handy?«

»Nee.«

»Und in der Tankstelle?«

»Hab' ich doch paar Mal versucht.«

»Und?«

»Ich hab' ihn nicht erreicht.«

»Warum haben Sie es nicht noch einmal versucht?«

»Kein Geld mehr.«

Irgendwie sieht er nicht gefährlich aus. Nur ungepflegt. Wenn er die Haare wachsen ließe, etwas gegen die Pickel täte. Und Fingernägel kaut er auch.

»Wen wollten Sie denn am Telefon erreichen?«

»Meinen Kumpel. Der wollte mich abholen. Ich bin nämlich nicht von hier.«

»Von wo denn?«

»Von Gelsenkirchen.«

Er schaut sich in der Küche um. Vielleicht, ob hier was zu holen ist. Sein Blick bleibt an Andis Postkarte hängen.

»USA?«

»Mein Sohn lebt dort.«

»Da gehe ich auch einmal hin.« Er sagt es mit einer Bestimmtheit, als hätte er das Flugticket bereits in der Tasche.

»Was macht er denn dort?«

»Er arbeitet in einer großen Firma.«

»Dann kann er Englisch?«

Wie man so dumm fragen kann!

»Mein Sohn hat Betriebswirtschaft studiert.«

Er nickt zustimmend, als könnte er es sich gut vorstellen, dass man nach einem Betriebswirtschaftsstudium in den USA arbeitet.

»Muss toll sein«, sagt er schließlich. »Haben Sie ihn schon besucht?«

»Nein noch nicht.«

Es entsteht eine Pause. Er nippt an seinem Glas. – Wie lange will er eigentlich bleiben?

»Sie wollten doch telefonieren? – Bitte!«

Während er telefoniert, geht sie aus der Küche. Die Tür lässt sie wie unbeabsichtigt angelehnt.

»Was? – Und jetzt? – Scheiße! – Ich verlass' mich darauf. – Ich soll noch mal anrufen?«

»Fertig!«, ruft er.

»War wohl ein kurzes Telefonat?«, sagt sie, als sie die Küche wieder betritt.

»Er kann nicht.«

»Wer?«

»Na, der Kumpel, der mich abholen sollte.« Er wirkt verstimmt.

»Können Sie mir zwanzig Euro leihen?«, fragt er nach einer Weile.

»Leihen?«

»Ich geb's bestimmt zurück.«

»Wie denn? Sie wohnen doch gar nicht hier.«

»Ich könnt's schicken.«

»Nein.«

Mit so etwas war ja zu rechnen. Wahrscheinlich ist die ganze Telefongeschichte nur ein Vorwand. Wenn sie ihm zwanzig gibt, will er fünfzig. Wenn sie den Geldbeutel holt, reißt er ihn aus der Hand. Und wenn sie sich wehrt…

Aber er macht nichts. Er sitzt nur da, schlaff, die Ellbogen auf den Oberschenkeln, und lässt den Kopf hängen.

»Ich mache Ihnen jetzt ein Brot und dann gehen Sie.«

»Ich hab' keinen Hunger.«

»Aber Sie sitzen doch schon den halben Tag vor der Tankstelle.«

»Ich hab' fünf Hamburger gegessen.«

»Was?«

»Hab ich mir vorgenommen. Machen die meisten. Bei dem Fraß, den wir vorgesetzt bekommen.«

»Wie? Ich verstehe nicht. Woher kommen Sie denn?«

»Vom Brückberg.« Mit dem Kinn weist er die Richtung.

Sie versteht nicht.

»Aus der JVA«, sagt er, als buchstabiere er die Abkürzung. »Knast. Kennen Sie doch!«

Ihr ist, als würde ihr für einen Augenblick der Boden unter den Füßen weggezogen.

»Ich bin heute entlassen worden. – Vorzeitig«, betont er und hebt den Zeigefinger, als müsse man ihm das hoch anrechnen.

Sie schluckt. Dabei gibt es in ihrem Mund nichts zu schlucken. So trocken ist er.

»Wie lange?«

»Ein Jahr, sechs Monate.«

Was muss man verbrochen haben, um für ein Jahr und sechs Monate ins Gefängnis zu müssen?

»Aber eigentlich bin ich unschuldig. Mein Kumpel – nicht der, mit dem ich gerade telefoniert hab’ –, mein Mittäter, wie man sagt, hatte das Pfefferspray. Ich nicht. Ist nicht meine Art. Wenn Sie verstehen, was ich meine.«

Für einen Augenblick ballt er seine rechte Hand zur Faust.

»Wenn mir die Richterin zwischen die Finger kommt…«

»Dann landen Sie wieder im Gefängnis«, sagt sie streng.

»Stimmt«, sagt er, »hab’ ich auch nicht so gemeint. Ich will nämlich neu anfangen.«

»Wohnen Ihre Eltern in Gelsenkirchen?«

»Meine Mutter, aber da gehe ich nicht hin.«

»Wohin denn?«

»Arbeiten. Der Onkel von meinem Kumpel hat eine Kneipe. In der Küche oder als Kellner. – So ein Scheiß, dass der mich heute nicht abholen kann.«

Langsam erhebt er sich von seinem Stuhl, macht ein paar Schritte, sieht sich in ihrer Küche um. Sie lässt ihn nicht aus den Augen. Auf den Fußsohlen federnd, bleibt er unschlüssig vor dem Foto, das neben der Kommode hängt, stehen.

»Ist er das?«

»Wer?«

»Na, Ihr Sohn. – Und die Frau?«

»Seine Freundin. Nancy. Sie arbeitet im gleichen Betrieb.«

»Hübsch.«

Er betrachtet das Bild mit lüsterner Genauigkeit.

»Ich hab' mit meiner Schluss gemacht. Hat nicht mehr geschrieben. Am Anfang hat sie mich noch besucht. – Wo ist eigentlich Ihr Mann?«

Die Frage kommt so unvermittelt, dass sie nicht gleich antwortet.

»Er kommt bald zurück«, sagt sie und fürchtet im selben Moment, dass er es für eine Lüge hält.

»Rentner?«

»Ja.«

»Gute Rente?«

Was soll diese Frage?

»Nein«, antwortet sie.

Warum will er das wissen? – Ob sich ein Überfall lohnt?

»Hab ich mir gedacht«, sagt er verständnisvoll. »Aber Ihr Sohn hat es zu was gebracht, nicht wahr?«

Sie nickt.

»Ein Kumpel von mir, der Ilja, einer im Knast, sagt immer, dass eine Umverteilung dran sei.«

»Umverteilung? Ist der Kommunist?«

»Ich interessiere mich nicht für Politik. Aber Recht hat er.«

Wie er so vor ihr sitzt, die Hände mit den abgebissenen Fingernägeln auf den Knien, den Mund schief gezogen und diese Pickel im Gesicht, überfällt sie die Empörung, die sie vorher im Treppenhaus empfunden hat. So einer erlaubt sich von ‚Umverteilung‘ zu sprechen und will am Ende bei ihr damit anfangen.

»Hören Sie mal«, sagt sie in dem Ton, in dem sie Andi früher die Leviten gelesen hat, »die Leute, die etwas haben, haben sich das verdient. Das fängt mit dem Schulabschluss an. Ich weiß ja nicht, wie Sie die Schule abgeschlossen haben.«

»Gar nicht.«

»Sehen Sie! – Glauben Sie denn, dass mein Andi immer gerne zur Schule gegangen ist? Aber nach dem Abitur war er froh und dann hat er studiert.«

Er hört ihr mit halb gesenktem Kopf zu.

»Man muss etwas tun. Von wegen ‚Umverteilung‘! So ein Quatsch. Das sind Flausen im Kopf.«

»Im Knast habe ich einen Förderkurs gemacht«, sagt er.

»Na bitte! Schule müssen Sie machen und dann eine Ausbildung.«

Er nickt wie der Mohrenknabe an der Krippe, wenn man eine Münze für die Mission in den Schlitz einwirft.

»Und jetzt gehen Sie! Ich habe nämlich keine Zeit mehr.«

»Kann ich bei Ihnen übernachten?«, fragt er.

»Was?«

»Nur bis morgen. Mein Kumpel kann mich doch erst morgen abholen.«

Wieder schlägt er diesen bettelnden Ton an, mit dem er darum gebeten hat zu telefonieren.

»Nein.«

»Warum denn nicht?«, fragt er störrisch.

»Das geht wirklich nicht. Wenn mein Mann kommt.«

»Ich weiß, weil Sie Angst vor mir haben. Aber ich tue Ihnen nichts. Versprochen!«

Sie schüttelt den Kopf. Undenkbar die Vorstellung: Er in Andis Bett.

»Dann geben Sie mir wenigstens das Geld für die Fahrt.«

»So viel habe ich nicht im Haus.«

Einen Moment lang scheint er ratlos zu sein.

»Vielleicht hat Ihr Mann Geld.«

»Hören Sie mit meinem Mann auf. Wenn der Sie hier antrifft…«

»Und dann?«, fragt er plötzlich angriffslustig. »Ich hab' meine Strafe abgesessen.«

»Ich gebe Ihnen jetzt eine Jacke von meinem Sohn. Ihr T-Shirt ist nämlich verfleckt. Und dann gehen Sie. Und zwar auf der Stelle.«

»Ich könnte Sie wegen Körperverletzung anzeigen«, sagt er.

»Und ich Sie wegen Nötigung.«

»Und wo soll ich übernachten?«

»Fragen Sie im Knast. Vielleicht behalten die Sie noch für eine Nacht.«

Dass er ihr den Vogel zeigt, bekommt sie nur halb mit. Sie ist aufgestanden und in Andis Zimmer gelaufen, um unter seinen Sommersachen eine Jacke, die er ohnehin nicht mehr trägt, herauszusuchen.

In der Nacht wird sie wach. Aber nur kurz. Sie hat – was sie selten tut – nach der Aufregung dieses Tages eine Schlaftablette genommen. Sie denkt nicht mehr daran, wie er Stufe für Stufe das Haus verlassen hat, wie sie die Haustüre, nachdem sie zugefallen war, verriegelt hat, dem Rucksack auf seinem Rücken vom Wohnzimmerfenster aus folgte, bis er hinter der nächsten Hausmauer verschwand. Halb wach vernimmt sie eine Polizeisirene, das Schlagen von Autotüren. Dann dreht sie sich im Bett um und schläft weiter.

Am Abend des nächsten Tages erlebt sie eine freudige Überraschung. Andi ruft an. Mitten in der Woche.
»Mama, Nancy und ich heiraten.«
Er heiratet in den Staaten.
»Und natürlich kommst du zu unserer Hochzeit.«

Am darauf folgenden Tag schlägt sie den Regionalteil der Tageszeitung auf.
‚Überfall auf Tankstelle‘ liest sie. Darunter: ‚Haftentlassener wird rückfällig‘.
Was weiter in dem kurzen Artikel steht, kann sie nicht lesen. Die Schrift verschwimmt vor ihren Augen, nachdem sie das Foto der Videokamera gesehen hat: Es zeigt einen pickeligen, jungen Mann in Andis Jacke.

Elisabeth Heydel

Zuerst war es nur ein Spiel

05.Januar 2003

Die Arbeit in der Psychiatrie, besonders auf der Geschlossenen, ist schwer. Am schlimmsten ist es für mich, mit dem krassen Realitätsverlust der Patienten umzugehen. Phasen von Selbstüberschätzung wechseln mit Phasen tiefer Traurigkeit. Mal fühlt sich jemand als ein Genie, dem die Welt zu Füßen liegt, mal beklagt jemand sein Schicksal als Penner, dem der eigene Hund abgehauen ist. Und ich immer dazwischen, immer Ansprechpartner.

Hin und wieder vertrauen Patienten mir ihre Post an, damit ich sie auf meinem Heimweg einwerfe. Manchmal ist ein Brief nicht richtig zugeklebt. Leider muss ich gestehen, dass ich immer öfter der Versuchung erlag und ihn gelesen habe. Natürlich ist das Unrecht! Zuerst war es auch nur ein Spiel. Doch nach und nach wurde aus dem Spiel eine Sucht. Zumal ich erkannte, dass ich auf diesem Wege einen einsichtsvollen Zugang zu der Welt meiner Patienten gefunden hatte.

Für viele werde ich zur Vertrauten. Die Redewendungen: »Knöpfchen, was meinst du dazu!« oder »Knöpfchen, du weißt doch immer einen Rat!« bedeuten für mich nicht nur Anerkennung, sondern Zugehörigkeit, eine »Aufnahme in die Geschlossene«. Station Sieben ist mein Leben!

03. August 2003

Ankunft von Hillary Smith. Ein drückend heißer Sommertag. Ich hole sie im Sekretariat ab, um sie zur Station 7 zu bringen. Der hohe Kofferturm schaukelt bedenklich, als ich den breiten Gepäckwagen in den Aufzug schiebe. Gezwungenermaßen drücke ich mich an die Wand. Hillary Smith steht mir gegenüber, dicht neben der Tür. Ihr Blick ist starr auf die blinkende Schalttafel gerichtet. Ich betrachte die junge Frau, die mit dem weißen Hosenanzug und dem strohblonden Pferdeschwanz auf den ersten Blick aussieht, als ob sie einem Modekatalog entstiegen sei. Nur die roten Flecken auf den Wangen stören diesen Eindruck. Ich drücke die 7, es surrt, die Türflügel bewegen sich gegeneinander, doch bevor sie sich schließen, quetscht Frau Smith sich hindurch und flüchtet auf den Flur. Ich fahre alleine mit der Fracht nach oben. Dort wartet schon der Stationsarzt Dr. Taube. Gemeinsam bugsieren wir den Kofferwagen aus dem Fahrstuhl. Kurz darauf stößt Hillary die Schwenktür des Treppenhauses auf.

Völlig außer Atem japst sie: »Ich fahre nie Aufzug. Mein Hund Ken ist in so einem Ding gestorben!«

Dr. Taube nickt gewohnt freundlich, als ob er diese Erklärung erwartet habe und bittet sie zu einem ersten Informationsgespräch ins Stationszimmer. Später lese ich in einem ihrer Briefe, dass sie nie einen Hund besessen hat, da sie seit früher Kindheit an einer Tierhaarallergie leidet.

10. August 2009

In der ersten Woche nimmt mich Hillary gar nicht wahr. Sie sieht nicht einmal auf, wenn ich das Zimmer betrete. Meist sitzt sie im Liegestuhl auf dem Balkon und hört über Kopfhörer Musik. Vermutlich ist diese Ruhephase durch die Benzodiazepine verursacht, die routinemäßig bei Neuen als Tranquillanzien zum Einsatz kommen. Und doch ärgert es mich, dass sie nicht einmal den Kopf hebt, wenn ich eintrete.

Die Patientenunterlagen sind im Arztzimmer der Station verschlossen. Heute bot sich endlich die Gelegenheit, Einblick in Hillaries Akte zu nehmen, da die Chefärzte während der üblichen Chefvisite zu einem Notfall abgerufen wurden. Ich musste den Aktenwagen zurück ins Arztzimmer bringen. Doch kaum halte ich Hillaries Ordner in den Händen, höre ich draußen auch schon das zackige Klacken von Oberschwester Erikas Absätzen. Ich kann nur noch schnell das Deckblatt überfliegen.

Hillary Smith
Geburtsdatum: 30.09.1988
Geburtsort: London
Schizophrene Psychose
Beruf: Kosmetikerin (vier Semester Chemiestudium)
Auslösendes Ereignis: plötzlicher Tod
des Ehemanns Jack – Todesursache ungeklärt.

17. August 2009

Offensichtlich ist Hillary Smith in die Pilotstudie ‚Schizophrenie' eingebunden. Morgens um 7.30 Uhr, noch vor dem Frühstück, verabreiche ich ihr ein Neuroleptikum, drei Stunden später erfrage ich mittels einer Fragetabelle ihre Befindlichkeit und kreuze die Ergebnisse an. So kommen wir ins Gespräch.

Ihr Vater ist Engländer, Mutter Deutsche. Beide sind bei einem Verkehrsunfall ums Leben gekommen. Freunde kommen in ihren Erzählungen nicht vor. Sie spricht nur von ihrer Schwester Mary. Fast alle Berichte enden mit der Formel: »Mary ist meine ganze Familie!« Manchmal verstärkt sie diesen Satz, indem sie nickend flüstert: »My whole family.«

Unsere Gespräche verlaufen in sehr vertrauensvoller Atmosphäre; vor allem ihre Beziehung zu Dr. Taube, dem Psychiater, nimmt großen Raum ein. Sie schwärmt von seinen Händen und seiner dunklen Stimme. Sie macht mir vor, wie er häufig beim Sprechen die Haare nach hinten streicht, und meint amüsiert: »Knöpfchen, das ist genau wie früher bei meinem Jack.«

Von der Zimmernachbarin hat sie gehört, dass ich hin und wieder Briefe schnell und sicher befördere. Nach vorgespieltem Zögern werde ich auch für Hillary zum Postillon.

30. August 2009

Natürlich sind alle Briefe an Mary gerichtet. Ich bin es ja gewohnt, dass der Psychiater Dr. Taube in der Korrespondenz der Patienten einen großen Raum einnimmt, aber bei Hillary ist es besonders auffällig. Offensichtlich faszinieren Hillary immer wieder die Hände von Dr Taube. Sie beschreibt sie als feingliedrig, samtweich, mit sehr gepflegten Fingernägeln. Wenn Taube ihr zuhöre, habe er die Angewohnheit, mit der Handfläche der rechten Hand über den Handrücken der linken zu streicheln, fast wie eine rhythmische Untermalung ihrer Worte. Sie deutet dies als verhaltene Geste der Zärtlichkeit – nur an sie gerichtet – und gesteht Mary, dass sie von diesen Händen träume, wenn sie sich selbst befriedige.

05. September 2009

Hillary begrüßt mich bei meinem Eintreten mit »Hallo Knöpfchen!« Offensichtlich hat die heutige Therapiesitzung bei Dr. Taube sie in gute Stimmung versetzt. Sie ist richtig gut drauf.

Die folgende Passage aus ihrem Brief an Mary erklärt diese Hochstimmung. »Taube hat mit mir über meine Angst vor engen Räumen gesprochen. Ich sollte erklären, wie sich die Angst in meinem Körper bemerkbar macht. Ich habe mich in die Mitte des Raumes gestellt und mit den Händen den Weg der Panikattacke auf meinem Körper gezeichnet. Ich hatte übrigens das enge Shirt an, das Du mir vor der Abreise geschenkt hast. Zuerst wanderten meine Hände von den Oberschenkeln zum Hals, dann kreuzte ich die Arme und streichelte sanft über die Brüste bis zum Herzen. Dabei schüttelte ich den Kopf, sodass meine Haare auf die Schultern fielen. Taube reagierte seltsam. Er nahm seine Brille ab, hielt sie gegen das Licht, hauchte sie an und putzte sie mit einem dünnen Tuch. He looked very amused und grinste. Dann setzte er die Brille wieder auf, nickte kurz und schrieb etwas in meine Akte. Und weißt Du, was ich festgestellt habe, das intensive Blau seines Polohemdes hatte genau die Farbe seiner blauen Augen. Bei der Verabschiedung hat er erwähnt, dass er demnächst mit mir in einem Fahrstuhl fahren will; aber ich müsse es wollen. Und wie ich es will! Ich muss auf meine Gefühle aufpassen, sonst geht es mir so wie bei Jack. It`s always the same!"

10. September 2009

Aus dem Brief an Mary: »Gestern bin ich Taube auf dem Flur begegnet. Aber er hat mich nicht gegrüßt, weil Oberschwester Erika bei ihm war. Sie hat mich gar nicht wahrgenommen, weil sie nur Blicke für Taube hatte. Bei ihrem Kittel waren die vier oberen Knöpfe offen! Like a real bitch!

Überhaupt, Schwester Erika mag mich nicht, sie ist eifersüchtig, weil ich mehrmals in der Woche Taube allein habe. Gestern ist sie während meiner Sitzung in den Therapieraum gekommen. Und zwar ohne anzuklopfen! Sie will alles unter Kontrolle haben. Mit triumphierendem Blick machte sie deutlich, dass Sie ein Recht auf Taube hat. Als sie ihm eine Akte zur Unterschrift vorlegte, beugte sie sich so weit vor, dass sogar ich sehen konnte, dass sie ein Schlangentattoo am Brustansatz hat.«

15. September 2009

Aus dem Brief an Mary: »Oberschwester Erika hat diese Woche Nachtdienst. Gestern Nacht kam sie gegen zwei Uhr in mein Zimmer. Ohne Licht anzumachen, schlich sie ins Bad. Sie war sehr leise. Ich habe so getan, als ob ich schlafe. Am Morgen habe ich entdeckt, dass die Jodtabletten an einer anderen Stelle der Glasablage lagen. Sie weiß, dass ich die jeden Morgen nehmen muss. Das ist der sicherste Weg, mich aus dem Weg zu räumen. Ich habe vorsichtshalber die ganze Schachtel weggeworfen. Aber dafür wird sie büßen müssen. Mit mir nicht! Ich komme ihr zuvor, ich bringe sie um.«

Offensichtlich verstrickt sich Hillary immer mehr in gefährliche Fantasien. Ich werde versuchen, mit ihr über Schwester Erika zu sprechen.

20. September 2009

In den letzten Tagen kein Brief von Hillary. Überhaupt ist sie sehr wortkarg, verschlossen und nörgelt an allem herum. Nach der heutigen Therapiesitzung ist sie besonders aufgebracht. Sie steht am Fenster, hämmert mit den Fäusten gegen die Scheibe und schreit: »Taube ist ein vulture, ein Geier, ein gemeiner Geier!« Dann fällt sie mir um den Hals und schluchzt. Vielleicht hat Hillary sich zu weit vorgewagt und ihre Liebe gestanden. Ich bin sicher, dass Taube ihr unmissverständlich ihren Patientenstatus deutlich gemacht hat. Wie ich außerdem feststelle, sind die Medikamente in dieser Woche höher dosiert.

Nachtrag:

Wenn ich nur den Namen ‚Erika‘ ausspreche, wird Hillary wütend. Auf ihrem Tisch liegt ein Prospekt von unserer Klinik. Auf dem Deckblatt sind die Mitarbeiter fotografiert, wie sie um das neue Röntgengerät versammelt in die Kamera lächeln. Das Gesicht von Schwester Erika ist mit einem schwarzen Filzstift fett durchgestrichen.

28. September 2009

Ich werde zufällig Zeuge eines Handygesprächs. Wie üblich betrete ich gegen 18.00 Uhr Hillaries Zimmer, um Blutdruck zu messen. Hillary überhört mein Hallo. Sie steht vor ihrem Schreibtisch, der pinkfarbene Morgenmantel hängt lose über den Schultern, die blonden Haare sind wirr und zerwühlt. Ich verharre im Türrahmen und vernehme deutlich die energisch gesprochenen Satzfetzen: »Gift, wie ich es Dir schon gestern gesagt habe, Gift für sie, ich meine die kleine, blaue bottle, die auf….« Dann bemerkt sie mich und drückt das Gespräch sofort weg. Ich mache ein gleichgültiges Gesicht und eine beiläufige Bemerkung zu dem Gewitter, das am Nachmittag gewütet hat. Hillaries Blutdruckwerte sind allerdings so auffällig, dass ich Oberschwester Erika benachrichtigen musste.

05. Oktober 2009

Es passt mir nicht, dass Hillary häufig mit Mary telefoniert. Dadurch habe ich ihre Pläne nicht unter Kontrolle. Wenn ich den Namen der Oberschwester auch
nur erwähne, beißt sie sich auf die Lippen, wirft die
Haare nach hinten und blickt mich triumphierend an.
Ich fürchte, sie schmiedet einen Racheplan, der Schwester Erika in Gefahr bringt.

10. Oktober 2009

Endlich wieder ein Brief von Hillary.

»Dear Mary, die blaue Flasche ist heil angekommen
und genau richtig. Vor allem auch rechtzeitig! Denn,
was du noch nicht weißt, ich soll morgen nach Hamburg
verlegt werden. Ich lasse sie im Karton und verstecke
sie unter der Wäsche im Kleiderschrank. Dort ist sie
sicher, da guckt niemand nach. Morgen steigt meine
Abschiedsvorstellung!«

11. Oktober 2009

Heute ist Hillaries letzter Tag. Ich sitze in meiner
Wohnküche am Esstisch. Frühstückszeit, ich kriege keinen Bissen herunter, fühle mich völlig zerschlagen, habe kaum geschlafen. Immer wenn ich kurz weggenickt
war, stieg dichter Rauch aus blauen Flaschen auf, der
meine Lungen fast zum Platzen brachte, sodass ich
schweißgebadet aufwachte. Sind das schon Vorzeichen
für Hillaries Abschiedsvorstellung?

Soll ich noch etwas unternehmen? Vielleicht den Karton mit der Giftflasche verschwinden lassen? Schwester
Erika warnen? Ich weiß nicht, was ich machen soll! Ich
fühle mich so erschöpft, so ausgebrannt. Vielleicht ist es

das Beste, wenn ich Hillary aufsuche, um mit ihr in Ruhe über das Gift zu sprechen.

12. Oktober 2009 Protokoll

Als Oberschwester Erika am 12. Oktober gegen 9 Uhr das Zimmer von Hillary Smith betrat, lag Schwester Ida Knopf auf dem Boden. Hillary stand zwischen den offenen Türen des Kleiderschrankes, eine blaue Sprühflasche in der rechten Hand. Sie starrte die Oberschwester mit aufgerissenen Augen an, Tränen liefen über ihr Gesicht. Stammelnd zeigte sie auf die blaue Flasche: »Ich habe sie doch nur angesprüht. Parfum aus London! My gift for Knöpfchen! Mein Geschenk für Knöpfchen!«

Die Obduktion von Ida Knopf ergab akute Herzmuskelschwäche, Todesursache Herzkollaps

(Anmerkung: ‚gift‘ ist das englische Wort für Geschenk)

Dirk Breitenbach

Horst – Null positiv

Oberkommissar Peter Hofmeister, von Freunden und Kollegen ‚Pit‘ genannt, wirft seine Einsatztasche auf die Rückbank des Streifenwagens und sinkt in den Beifahrersitz.

»Wie war dein Urlaub?« Kommissar Guido Wallenstein oder schlicht ‚Walli‘, reißt Pit aus seinen Gedanken und blickt ihn erwartungsvoll an.

»Schön, aber viel zu kurz. Du kannst dir gar nicht vorstellen, wie gerne ich sofort wieder zurückfliegen würde. Aber sag', was war denn hier in den letzten zwei Wochen so los?« Walli steckt den Schlüssel ins Zündschloss, startet den Motor und fädelt sich in den frühmorgendlichen Verkehr ein. »Im Grunde war es wie immer. Nichts Besonderes. Echt!« Grinsend blickt er zu Pit hinüber.

»Nun erzähl schon. Du platzt ja gleich.« Entspannt lümmelt sich Pit tiefer in den Sitz.

»Also gut. Gestern gab's einen Raub auf die RaiBa!«

Pit gähnt aufreizend: »Das ist ja hoch spannend – das gab's ja noch nie. Verrückte Welt. Da überfällt einfach einer eine Raiffeisenbank. Dabei ist das doch verboten.« Feixend blickt er Walli von der Seite an.

»Verarsch' mich nicht und hör' zu. Sonst ist die Geschichte hier und jetzt zu Ende!« Walli konzentriert sich auf den Verkehr und schweigt.

Pit lauscht einige Sekunden dem sphärischen Rauschen des Funks, dann sagt er gönnerhaft: »Los jetzt, erzähl' schon!«

»Ok. Kurz nach 15 Uhr kam der Einsatz als Überfallalarm rein. Wir standen günstig und sind zügig in die Richtung gefahren.«

Pit unterbricht ihn. »Wer ist wir? Und welche RaiBa? Die auf der Ecke zur Frankfurter?«

»Genau die, und ich war mit dem Chef unterwegs. Wir sollten die Einsatzleitung übernehmen. Ich gebe mächtig Gas, als wir kurz vor Eintreffen über Funk hören, dass der Täter schon wieder aus der Bank raus sein soll. Den müssen wir ganz knapp verpasst haben. Wahrscheinlich haben wir ihn sogar noch gesehen, aber nicht erkannt.«

»Dann hat der Mistkerl verdammtes Glück gehabt.« Pit blickt noch immer durch die schmutzige Seitenscheibe.

»Na ja, Glück würde ich anders definieren! Als wir als erstes Einsatzmittel vor der Bank ankamen, herrschte dort das totale Verkehrschaos. An der gegenüberliegenden Bushaltestelle drängelten sich Busse, sodass sich der restliche Verkehr drum rum mogeln musste. Wir haben beinahe keinen Platz gefunden, um unseren Einsatzwagen abzustellen.

Mit der Knarre in der Hand sind wir rein in die Bank. Der Täter war tatsächlich schon weg. Schnell war klar, dass er die Bank gerade erst vor ein paar Minuten verlassen haben konnte. Nach einer kurzen ersten Befragung hat der Chef dann über Funk eine Fahndung mit Täterbeschreibung eingeleitet.

Auffällig waren die Kassiererin und einer der Kunden. Die meisten Kunden waren echt schockiert, aber die beiden nicht.

Wir hatten eher das Gefühl, als würden sie sich amüsieren.«

»Mittäter?« Pit wird langsam aufmerksam und hört auf, Mondgesichter in den Staub auf dem Armaturenbrett zu zeichnen.

»Nein, aber nachdem sie uns den Überfall geschildert hatten, mussten wir uns ein Grinsen verkneifen. Stell dir vor, der Täter kam gegen 15 Uhr mit einem Motorradhelm auf dem Kopf in die Bank und hatte eine Schusswaffe in der Hand. Schwarz, Automatik, wirkte wohl sehr echt.

Den am Schalter stehenden Kunden bat er höflich kurz zur Seite zu treten; er habe etwas mit der Kassiererin zu besprechen. Dabei konnte der Kunde auf dem Kinnteil des Helms den Vornamen und die Blutgruppe ablesen. ‚Horst – Null positiv‘.«

»Quatsch!« Pit stupst Walli gegen den Arm. »Du verarscht mich doch!«

»Nein! Du weißt doch, dass machen immer noch viele Motorradfahrer, um im Falle eines Unfalls den Rettungskräften die Bestimmung der Blutgruppe zu ersparen.

Der Typ hält also der Kassiererin die Knarre vors Gesicht und sagt leise zu ihr – nein, nicht leise, sondern ‚verschwörerisch‘ –, so wenigstens hat es die Kassiererin ausgedrückt. Er sagt also, dass er das Geld dringend bräuchte und sie deshalb bitte den Inhalt der Kasse in die mitgebrachte Sporttasche räumen solle.«

Pit blickt jetzt zu Walli rüber: »Na, das ist doch mal ein höflicher Räuber. Wofür hat er das Geld denn gebraucht?«

»Das kommt später. Erstmal die Antwort der Kassiererin. Die sagt allen Ernstes: ‚Es tut mir leid, aber da kann ich Ihnen nicht helfen. Unsere Kasse hat ein Zeitschloss. Ich kann erst in einer Stunde wieder an das Geld, aber kommen Sie doch dann einfach noch mal wieder.‘«

Walli schlägt sich auf den Oberschenkel. »Hast du so was schon mal gehört? Kommen Sie doch einfach noch mal wieder. Ich hätte am liebsten gebrüllt vor Lachen.«

»Die hat Mut. Was hat unser Pechvogel dann gemacht?«

»Er ist gegangen. Hat sich erneut höflich für die Störung entschuldigt, seine Pistole in die Jacke gesteckt und ist raus. Dann war er aber wohl doch etwas aus der Fassung. Im Bankvorraum, du weißt schon, da wo die Automaten stehen, hat er nämlich noch den Helm abgezogen. Das gab schöne Filmaufnahmen von den Überwachungskameras.«

»Und damit habt ihr ihn überführt?«

»Nein, viel besser. Die Aufnahmen brauchten wir gar nicht. Draußen vor der Bank stand nämlich ein Zeuge. Der hatte gesehen, wie der Täter seinen Wagen vor dem Überfall auf der Bushaltestelle abgestellt hat. Mitten drauf. Das hat den Zeugen natürlich aufmerken lassen. Während er an der roten Ampel wartete, schaute er daher genau hin, wer da so dreist parkt.

Just in diesem Moment steigt unser Täter aus und geht rüber zur Bank, natürlich mit aufgesetztem Helm.

Bank, falsch geparktes Auto, und der Fahrer trägt einen Helm – unser Zeuge kannte offensichtlich seine staatsbürgerlichen Pflichten –, parkte seinen Wagen ebenfalls und beobachtete das weitere Geschehen.«

»Aber, wenn er schon so schlau war, warum hat er dann nicht gleich die Polizei gerufen?«

»Er hatte seine Gründe.« Die Worte sprudeln nur noch so aus Wallis heiterem Gesicht.

»Der Täter kommt also nach missglücktem Raub mit dem Helm in der Hand aus der Bank, rennt über die Straße, wird dabei fast noch über den Haufen gefahren und setzt sich in seinen Wagen. Bestimmt wäre er zu diesem Zeitpunkt gerne losgefahren.« Kleine lustige Tränen schwimmen in Wallis Augenwinkeln. »Kann er aber nicht, weil ihn insgesamt drei Busse eingeparkt hatten. Er kommt nicht weg. Erst als die Busse abgefahren sind, konnte er wieder auf die Fahrbahn einbiegen und stellt sich, gesetzestreu wie er ist, an die rote Ampel.«

»Und da hat der Zeuge das Kennzeichen abgelesen?« Pit wird unruhig.

»Nein, das konnte er nicht. Das war abgeklebt. Da hat unser Täter mal mitgedacht.«

Walli blickt zu Pit. »Dann muss er wohl von Weitem unseren Streifenwagen gesehen haben, denn plötzlich wird aus unserem höflichen Räuber ein gehetzter Hase. Er biegt bei Rot rechts ab und fährt entgegen der Fahrtrichtung durch die Einbahnstraße. Du weißt schon die, die an der Eisdiele wieder rauskommt.«

»Aber das hat doch niemals geklappt, oder? Da kommen ihm doch tausend Autos entgegen.« Pit sieht kritisch zu Walli, der seine Erzählung gestenreich unterstützt.

»Doch, irgendwie schon. Sogar unser Zeuge konnte ihm folgen und ist ihm durch die Einbahnstraße nachgefahren. Und noch weiter; um genau zu sein, bis zu einer Waschstraße. Dort ist unser Täter mit seinem schmutzigen silbernen Japaner und abgeklebten Kennzeichen rein und mit einem sauberen Japaner und offenen Kennzeichen wieder raus.

Nachdem er sich das Kennzeichen nun endlich notieren konnte, musste unser Zeuge nur noch einen Polizisten finden.«

»Warum hat er sich nicht über Notruf gemeldet? Und warum hat er sich der Gefahr ausgesetzt und den Täter verfolgt?« Fragend blickt Pit zu Walli, der den Wagen inzwischen zur Sicherheit am Straßenrand angehalten hat.

»Das ist der Clou, das glaubst du nie. Stell dir vor – unser Zeuge ist taubstumm. Der konnte nicht telefonieren. Ein taubstummer Zeuge – hast du so was schon mal gehört?« Die Tränen laufen mittlerweile über Wallis Wangen. »Deshalb war auch sein größtes Problem, an einen Polizisten zu kommen, um sein Wissen schriftlich mitteilen zu können.

Aber du weißt ja, wie es ist. In der Fahndung fahren wir alle unsere Fahndungsräume ab. Da ist es eher schwierig uns anzusprechen. Also hat er versucht, durch Hupen auf sich aufmerksam zu machen. Aber wer von uns hört auf ein Hupen, wenn wir einen Räuber jagen?! Erst als er einen Streifenwagen an einer Kreuzung blockiert hat und ihm die Kollegen schon heftig ins Gewissen reden wollten, konnte er ihnen mit Hilfe von Papier und Bleistift mitteilen, was er wusste.«

»Das gibt es doch nicht!« Pit schlägt sich nun ebenfalls vor Vergnügen auf die Schenkel. »Wie viel Pech kann einer alleine haben? Und, wie habt ihr den armen Kerl dann festgenommen?«

Unvermittelt wird Walli wieder ernst. »Das war weniger schön. Also weniger schön für ihn. Ist aber schnell erzählt.

Durch das Kennzeichen wussten wir nun, wer er war und wo er wohnt. Da er sie abgeklebt hatte, brauchten wir nicht davon auszugehen, dass sie gestohlen waren.

Kollegen in Zivil haben sofort die Wohnanschrift und die zugehörige Tiefgarage observiert. Dort stand mittlerweile auch der silberne Japaner ordentlich auf seinem Stellplatz.

Für die Festnahme wurde das SEK alarmiert, da zu diesem Zeitpunkt noch unklar war, wie echt die Schusswaffe ist und ob sich in der Wohnung weitere Personen aufhalten.

Das SEK rauscht aus Köln an und fährt gerade von der Autobahn runter, als unser Pechvogel von seiner Frau aus der Wohnung geworfen wird.

Die Kollegen, die sich zur Observation in der Nachbarwohnung aufhielten, konnten noch hören, wie sie ihn beschimpfte und verhöhnte. Schlappschwanz, ohne Arsch in der Hose. Kein Job und keine Kohle. So hätte sie sich das Leben mit ihm nicht vorgestellt. Wenn er wieder zurückkäme, wäre sie weg.«

»Da hat er ja wohl den schwärzesten Tag seines Lebens erwischt. Obwohl, soll er doch froh sein, dass er die Alte los ist.« Der Blick aus Pits Augen wird mitleidig.

»Er wird nicht nur seine Alte los, aber weiter im Text. Die Kollegen beobachten also, wie er ins Auto steigt. Da das SEK quasi schon eingetroffen ist, unternehmen sie nichts und lassen ihn fahren.«

»Schlechte Entscheidung. Wer weiß, ob er sich unterwegs nicht irgendwo eine Geisel nimmt. So etwas muss man vor Ort und sofort zu Ende bringen.« Pit schüttelt missbilligend den Kopf.

»Stimmt! Das war sogar doppelt schlecht«, stimmt Walli ihm zu. »Zum einen taktisch unklug und zum anderen ganz besonders schlecht für unseren Horst. Der steht nämlich, wie es sich gehört, wieder mal artig an der roten Ampel und will gerade losfahren, als das SEK um die Ecke biegt.

Bevor er sich versieht, wird sein Auto vorn und hinten gerammt, die Türe aufgerissen und er, wie beim SEK üblich, extrem ‚liebevoll‘ aus dem Auto gezerrt. Ich denke, dass er seine Knochen heute noch spürt.«

»So eine arme Sau. Hätte es noch schlechter für ihn laufen können?« Pit klingt jetzt eher berührt als amüsiert.

»Ja, hätte es und hat es auch«, antwortet Walli nun vollends ernst. »In der Vernehmung hat sich nämlich herausgestellt, dass ihn seine Frau schon lange mit der kleinen Tochter verlassen wollte. Ohne Job konnte er ihr nicht den Lebensstandard bieten, den sie für sich als angemessen erachtete.

Unser Horst liebt aber seine kleine Tochter und hätte es nicht verschmerzen können, sie zu verlieren. Also hat er sich um einen Job und seine Frau bemüht. Und tatsächlich, obwohl er ungelernt ist, hat er eine Arbeit gefunden. Die Bank wollte er nur überfallen, weil er akut Geld brauchte, um seiner Frau ein opulentes Versöhnungsgeschenk zu machen und seinem alten Auto ein paar notwendige Reparaturen zu gönnen. Mit dem Wagen sollte er nämlich, ab der nächsten Woche, als Kurierfahrer arbeiten.

Jetzt hat er gar nichts mehr. Tochter weg, Job weg, Ehe kaputt und Auto kaputt.
Was ihm noch bleibt, ist eine Zelle und viel Zeit.«

Bärbel-Wiebke Rasmussen-Bonne

Grün, immerzu grün

Der Öffner summte, schwere Schritte auf der Treppe. Als der Besucher den vorletzten Absatz erreicht hatte, erkannte sie ihn. Ihr Atem stockte, sie musste sich an der Wohnungstür festhalten.

»Mörderin!«, brüllte er durchs Treppenhaus, »du hast mein Kind umgebracht!«

Mit jeder Stufe wurde seine Größe, seine Stimme, seine rot angeschwollene große Narbe im Gesicht bedrohlicher – unwillkürlich trat sie einen Schritt zurück.

»Das Gericht hat mich frei gesprochen. Lassen Sie mich in Ruhe!«

Damit schloss sie schnell die Tür, lehnte zitternd am Türrahmen.

»Lügnerin, Mörderin!«, brüllte er draußen weiter. »Ich komme wieder. Ich krieg' dich noch!«

Polternd entfernten sich seine Schritte.

Der Tag hatte einen Riss bekommen, sie rutschte hindurch, Nebel umgab sie. Abends fand die Mutter sie im Sessel sitzend, mit Augen, die nichts zu sehen schienen. Mühsam entlockte sie der Tochter, was am Nachmittag geschehen war. Sie flößte ihr Baldrian ein, kochte Kräutertee und packte die Erstarrte mit einer Wärmflasche ins Bett. Widerstandslos verkroch sie sich unter der Decke. Dämmernd glitt sie weiter hinein in die Nebelbank. Nur schnell einschlafen, bevor die Bilder, der Film …

Da, das grüne Licht, die Ampel! Wie ein magisches Auge bannt es ihren Blick. Immerzu schaut sie auf das runde Grün, es muss gleich umspringen, es leuchtet doch schon so lange. Sie rollt in gleichmäßigem Tempo auf der mittleren Fahrbahn, weiter den Blick aufs Grün geheftet, um sofort bremsen zu können, wenn es umspringt. Bis zuletzt sieht sie grün. Vor ihr die große Kreuzung unter der Autobahnbrücke. Ein Schatten von links, ein dumpfer Aufprall auf der Motorhaube, etwas fliegt durch die Luft und bleibt mitten auf der Fahrbahn liegen. Reflexartig weicht sie nach rechts aus, hält am Straßenrand. Gellende Schreie hallen unter der Brücke. Eine Frau stürzt auf die Straße, beugt sich über ein Kind. In dem Wohnblock hinter der Brücke stehen Menschen an den Fenstern, auf den Balkonen.

»Einen Arzt, schnell, einen Arzt!«

Sirenen, Blaulicht, Sanitäter, Blaulicht, Polizei. Sie wird verhört. Ein Zeuge wird verhört. Die Polizisten scheinen um sie besorgt. Kann sie alleine weiterfahren?

Was denken die von ihr, sie funktioniert doch ganz normal! Sie fährt heim. Zu Hause ist niemand. Sie sitzt im Sessel, kann nichts tun, nichts denken.

Nach zwei Stunden ruft die Polizei an, nennt Namen und Adresse des Kindes, das Krankenhaus, wo es eingeliefert wurde, und eine beruhigende Männerstimme sagt:

»Sie haben Glück gehabt, der Junge hat nur einen doppelten Beinbruch und eine Gehirnerschütterung. Fragen Sie aber zuerst die Eltern, wenn Sie den Jungen besuchen wollen.«

Am nächsten Tag fährt sie über die Unglückskreuzung zu dem nahen Wohnblock und drückt den Klingelknopf. Mit Herzklopfen betritt sie den Hausflur. Eine Frau in Schwarz empfängt sie.

»Ich bin die Autofahrerin von dem Unfall gestern. Die Polizei hat mir Ihre Adresse gegeben. Sind Sie die Mutter?«

»Nein, einen Moment bitte«, die Frau ruft einen Namen in die Wohnung hinein, eine andere erscheint, verweinte Augen, auch sie in schwarzer Kleidung. Man bittet sie herein, bietet ihr einen Stuhl an.

»Unser Thorsten ist tot«, schluchzt die Mutter auf.

Die Worte ziehen ihr den Boden unter den Füßen weg. Ihr wird schwarz vor Augen. Sie fällt und fällt. Aus der Ferne hört sie die Mutter sprechen.

»Ich wollte nicht den Umweg über die Fußgängerampel machen, da bin ich mit Thorsten an der Hand vorne rüber gegangen, da, wo nur Autoampeln sind. Eine war rot. Ich sah die Autos davor stehen und dachte, die gilt für alle Autos.«

Sie schluckt und ringt um Atem.

»Da sagte ich zu Thorsten, wenn … wenn wir uns beeilen, dann schaffen wir es noch, bevor die anfahren.«

Sie verbirgt ihr Gesicht hinter ihren Händen, langes hilfloses Schweigen, dann holt sie noch mal tief Luft:

»Da riss er sich von meiner Hand los und rannte geradewegs auf die Straße. Ich habe Sie nicht kommen sehen, ich sah nur die Linksabbiegerautos, die uns verdeckten. Sie konnten uns auch nicht sehen. Sie trifft keine Schuld.«

Ein Weinkrampf schüttelt die Mutter.

»Thorsten ist am Schock gestorben, drei Stunden nach dem Unfall, die Ärzte konnten nichts machen.«

Irgendwann geleiten beide Frauen sie zur Tür an der Küche vorbei, wo der Vater bewegungslos zusammengesunken sitzt. Er reagiert auf kein Wort.

Draußen wieder die Kreuzung, ein grünes Licht, grün, immerzu grün, ein Knall, Blaulichter, Sirenen, eine Männerstimme – Sie haben Glück gehabt – schwarze Frauen – warum habe ich mich nicht beeilt, so wie sonst, dann wäre ich vorbei gewesen. Der Zeuge hat gesagt, ich sei höchsten vierzig gefahren. Warum so lange dieses Grün, die Nacht ist doch schwarz, ich will schlafen – endlich schlafen – die rotnarbige Fratze – Mörderin – grüne Mörderin –

Nicht lange nach dem bedrohlichen Besuch im Treppenhaus klingelte das Telefon. Dieses Mal war sie nicht zu Hause, aber die Mutter nahm den Anruf an.

»Hier ist die Tante von Thorsten. Bitte sagen Sie Ihrer Tochter, dass sie aufpassen muss! Thorstens Vater kann nicht verstehen, was geschehen ist, erst recht nicht jetzt nach dem Freispruch. Er trinkt und ist dann unberechenbar. Wir haben ihn schon zweimal mit Gewalt davon abgehalten, ihre Tochter zu belästigen. Aber wir haben ihn ja nicht immer unter Kontrolle. Bitte, sichern Sie Ihre Wohnungstür, nicht, dass noch was Schlimmes passiert.«

Am nächsten Tag bekam die Wohnungstür eine Sicherheitskette.

Aber die Bilder, Tag für Tag – Nacht für Nacht – wer sperrt diese Bilder endlich aus ...?

Christel Kehl-Kochank

Kevin

Er weiß, dass er träumt. Er kennt ihn gut diesen Traum: Er will die Augen öffnen, aber seine Lider gehorchen ihm nicht. Erst als sich eine Hand auf seinen Arm legt, gelingt es ihm endlich, wach zu werden. Er sieht in ein fremdes rundes Frauengesicht, in tiefblaue Augen.

»Hallo, wieder bei uns angekommen, wie schön!«, spricht es lächelnd. Dumpf wie von weit her dringen die Worte an seine Ohren, so, als seien sie in blaue Watte gepackt. Aber das stört ihn nicht. Er ist müde und so schwer wie seine Augen eben im Traum. Ausruhen will er jetzt, nur noch schlafen.

Offensichtlich ist ihm das jedoch nicht vergönnt, denn als er die Augen wieder schließt und sein Kopf zur Seite fällt, wird er an der Schulter gerüttelt und die blaue Stimme spricht nun sehr energisch: »Oh nein, junger Mann, jetzt wird hier geblieben! Geschlafen haben wir lange genug!«

Widerwillig öffnet Kevin noch einmal die Augen. Da sieht er das Bein. An Metallzügen aufgehängt, liegt es schräg über seinem Bett. Es dauert eine Weile, bevor er begreift, dass es sein Bein ist, das da wie ein weißer Klumpen in die Höhe ragt, sein eigenes rechtes Bein. Erschrocken schaut er die Schwester an. Sie nickt ihm aufmunternd zu.

»Das kriegen wir schon wieder hin. Du bist noch gut davon gekommen, mein Lieber! Nur das Bein und ein paar Schrammen. Das hätte weit schlimmer sein können. Scheinst ein kleiner Draufgänger zu sein, denn da sind noch etliche Blutergüsse, die du dir schon vor dem Unfall eingesammelt haben musst.«

Kevin atmet hörbar ein. Plötzlich ist er wieder da, der Morgen, an dem er wie so oft nicht gewagte hatte, aus dem Zimmer zu gehen. Als er sich dann endlich trauen konnte, aufzuschließen und sich davonzustehlen, waren ihm nur noch fünf Minuten für den Schulweg geblieben. Er hatte sich das große Rad geschnappt, das gerade draußen stand, und war in den Pedalen stehend losgesaust. An der Ampel hatte er die Handbremse nicht so schnell greifen können, und dann waren da nur noch dieser Stoß, der ihn durch die Luft wirbelte, und kreischende funkelnde Blitze.

Kevin wendet den Kopf, starrt die Wand an. Auch jetzt klopft sein Herz im Bauch und Hals, genau wie heute Morgen zu Hause. Aber dann fühlt er plötzlich das Bein. Es schmerzt und er beginnt zu weinen. Die warme Hand, die sein Gesicht streichelt, und die vielen blauen Worte, die seine Watteohren aufnehmen, bringen sein Herz wieder dahin, wo es hingehört. Das Schmerzmittel wirkt schnell. Kevin beginnt über das weiße Bettzeug zu streichen, hört die vielen Menschen, die draußen auf dem Flur unterwegs sind, und das Zwitschern der Vögel von der anderen Seite des Zimmers, das ihn wohlig einschläfert.

Das Essen wird ihm ans Bett gebracht, und da er sich nicht aufrichten kann, füttert die Schwester ihn. Beate heißt sie. Beate mit dem weichen B wie bei blau. Als er nach drei Löffeln satt ist, protestiert sie energisch, ohne dass ihre Augen aufhören zu lachen. »Nein, mein Lieber. So geht das nicht! Wir haben dafür zu sorgen, dass du Kraft genug hast, wenn du das Gehen wieder lernen musst. Und darum wirst du jetzt noch etwas essen. Wir müssen hier auf dich aufpassen.« »Ja, aufpassen!«, sagt Kevin leise.

Es dämmert schon, als das Klopfen an der Tür ihn weckt. Bevor er sich melden kann, steht ein Arzt in langem weißen Kittel an seinem Bett. Kevin erschrickt. Ein Mann! Aber der Mann hier lächelt und auch seine Stimme ist ruhig und freundlich. Er streicht ihm über die Stirn, verspricht ihm, dass er wieder gesund wird und macht ihm Mut, sich zu melden, wenn er Schmerzen hat, denn die muss er hier nicht aushalten.

Die Mutter kommt am nächsten Morgen. Ihre grauen strähnigen Haare hat sie mit einem schwarzen Wollfaden zusammengebunden. Sie hat das dicke braune Ausgehkostüm an und wieder ihre große Sonnenbrille auf. Vor seinem Bett bleibt sie stehen. Kevin sieht den rotblauen Flecken neben ihrem Mund und fühlt sein Herz wieder schlagen. Er dreht den Kopf zur Wand. Die Mutter setzt sich auf die Bettkante und legt ihre Hand auf die von Kevin. Sie zittert. In Kevins Hals bildet sich ein Kloß. Tapfer schluckt er ihn herunter, zwingt sich, sie wieder anzuschauen. »Mami!« Sie nickt und ihr Mund lächelt. Sie hat ihm seinen großen Stoffhund mitgebracht. Den legt sie jetzt neben ihn aufs Kopfkissen. »Du hast ihn dir einmal so sehr gewünscht«, sagt sie, »vielleicht kann er ja hier auf dich aufpassen.« Dann geht sie wieder, weil sie ja zur Arbeit muss.

»Hast du Schmerzen?«, fragt Beate, als sie kommt, um sein Bett herzurichten. Er schüttelt den Kopf, aber die Tränen kann er jetzt nicht mehr zurückhalten. »Mami!« »Aber, Kevin!«, protestiert Beate, »Die Mami kommt dich gewiss jeden Tag mal besuchen oder auch der Papa.« Kevin presst die Lippen zusammen und nickt.

Im Laufe der nächsten Wochen wird Kevins Bein immer bunter. Die Kinder, die schon wieder laufen können, die großen und kleinen Besucher, die Ärzte und Schwestern, alle müssen ihr Autogramm darauf schreiben. »Schwester Beate in Blau und ganz groß!«, befiehlt Kevin. Seine Lehrerin hat ihm die Stifte dafür extra mitgebracht. Obwohl er sich sehr darüber gefreut hat, ist er froh, als sie wieder fort ist, denn auch hier fragte sie wieder so viel nach ihm und den Eltern, sodass er auch jetzt aufpassen musste, diesmal auf seine Worte.

Nach ein paar Wochen beginnt endlich das Laufenlernen. Das tut weh und Kevin hat Angst. Aber die Therapeuten helfen ihm, sind freundlich und machen ihm Mut. Hier wird ihm nichts geschehen. Da macht er weiter, ist stolz, wenn er gelobt wird.

Und eines Tages ist es dann so weit. Der kleine dicke Herr Doktor mit den vielen Falten um die Augen hat Dienst, als Kevin entlassen wird. »Du warst ein besonders tapferer und fröhlicher Patient, Kevin«, sagt er zum Abschied. »Wir werden dich vermissen. Alles Gute, mein Junge! Und pass gut auf dich auf!« »Ja«, sagt Kevin, »das werde ich tun.«

Als er sich von Schwester Beate verabschiedet, hat er wieder so einen Kloß im Hals. Sie nimmt ihn in den Arm und lächelt ihm aufmunternd zu. »Du hast so schöne blaue Augen«, sagt er ganz leise, und verlässt an der Hand seiner Mutter das Krankenhaus.

Als er Schwester Beate drei Wochen später wiedersieht, lächelt sie nicht. Wortlos legt sie ihm die Seite einer Zeitung auf die Bettdecke. Eine Meldung ist rot angekreuzt:

> Aus bisher unerklärlichen Gründen sprang am Montag ein Schüler der Grundschule in der Stresemannstraße während des Unterrichts aus dem Fenster seines Klassenzimmers, das sich im Hochparterre der Schule befindet. Er brach sich dabei das linke Bein und wurde ins Kinderkrankenhaus eingeliefert. Der Vorfall ist um so bedauerlicher, als der Junge erst bis vor drei Wochen wegen eines sehr komplizierten Beinbruchs, den er sich bei einem Verkehrsunfall zugezogen hatte, zwei Monate in der Klinik verbringen musste.

Barko Bartkowski

Aber

»Aber sie gibt sich doch solche Mühe!«

Studiendirektor Liebstock verzog höhnisch den Mund. »Tja, beste Frau Kleinschmidt, das allein genügt aber nicht! Wenn Sophie es bei aller Mühe nicht schafft, meinem Unterricht zu folgen, dann sollten Sie vielleicht einmal überlegen, ob eine andere Schulform für sie nicht angemessener wäre.«

Sophie saß peinlich berührt daneben und starrte auf den Teppich.

»Aber ... gibt es denn gar keine Möglichkeit, dass sie doch noch versetzt wird? Wenn sie vielleicht Nachhilfe nehmen würde ... Sie strengt sich wirklich so sehr an!«

Das ist gelogen, dachte Sophie. Gerade bei Liebstock gab sie sich nicht die geringste Mühe. Er hatte es geschafft, ihr ihr Lieblingsfach gründlich zu verleiden. Jede Kreativität erstickte er im Keim. Wenn eine Aufgabe nicht nach Punkt und Komma genau seiner Vorgabe entsprechend gelöst wurde, gab er überhaupt keine Punkte.

Liebstock beugte sich vor. »Frau Kleinschmidt, ich will ganz offen zu Ihnen sein: Sophie hat einfach nicht das Zeug fürs Gymnasium. Sie sollten den Tatsachen ins Auge sehen.« Er räusperte sich. »Glauben Sie mir, auf einer berufsbildenden Schule ist sie besser aufgehoben!«

»Aber ...«

Sophie begann dieses Wort zu hassen.

Wenn es um sie ging, schien ihre Mutter jeden Satz mit ‚aber‘ zu beginnen.

»Aber das ist doch ganz einfach!« Sophie genoss ihre Überlegenheit. »Du klickst hier und dann hier – Datenquelle verbinden. Dann suchst du dir deine Excel-Datei ’raus und fertig!«

Sandra runzelte die Stirn. »Was denn für ’ne Excel-Datei? Wo krieg’ ich die denn her?«

»Mensch, das war doch die Hausaufgabe für heute!«

»Scheiße, hab' ich verpennt ... kann ich die nicht von dir kopieren?«

»Ja, klar, nullo problemo.« Sophie klickte vier Mal mit der Maus. »Erledigt!«

»Wie jetzt? Wo ist die Datei?«

»Hab' ich dir per Mail geschickt. Brauchst nur noch deinen Namen rein zu kopieren, die Daten sind ja eh alle gleich.«

»Ja, prima, du. Danke auch. – Ich muss jetzt los.« Abrupt stand Sandra auf.

»Wo willst du denn hin?«, fragte Sophie überrascht.

»Ich fahr mit den Mädels in die Stadt zum Shoppen.«

»Kann ich da nicht mitkommen?«

»Nee, du, das lass mal lieber – da, wo wir einkaufen, haben sie für dich doch nix Passendes – und zum Zeltverleih wollten wir heute nicht!« Sandra lachte dreckig. »Tschüss denn!«

Noch bevor sie aus der Tür war, hatte sie schon das Handy am Ohr. »Hi, Chrissi, ich komm' jetzt. – Nee, ich war bloß bei der Sophie, Hausaufgaben abgreifen. – Quatsch, doch nicht mit der! Die ist doch so was von nerdy ...«

Sophie schloss ganz leise die Tür hinter ihr.

»Aber sie kann doch nicht ewig zu Hause wohnen! Sie ist doch jetzt schon – wie alt? Dreiundzwanzig?«

Sophie verharrte, die Hand auf der Türklinke. Sie erkannte die Stimme: Frau Gebhardt von nebenan. Richtig, heute war ja Nachbarschafts-Kaffeeklatsch.

»Wenn sie wenigstens einen Freund hätte – aber bei ihrem Aussehen ...«

Das war der verdruckste Tonfall ihrer Mutter.

»Gott, die jungen Männer heutzutage – die achten halt nur auf das Äußerliche.«

»Sie war immer schon ein dickes Kind. Wir hatten ja gehofft, dass sich das später noch verwächst, aber es sieht nicht danach aus ...«, entschuldigte sich ihre Mutter.

»Sie sollten ihr wirklich mal gut zureden, etwas für ihre Figur zu tun – mit der Statur hat sie natürlich keine Chancen ...«

»Aber sie hat so einen guten Charakter!«

Sophie ließ die Türklinke los, als hätte sie sich verbrannt. Wie sie diesen Satz hasste! Nicht wegen des ‚guten Charakters‘. Es war dieses infame ‚aber‘ am Anfang, das sie so deutlich darauf hinwies, was sie alles nicht hatte.

»Aber ich hatte gehofft ...« Sophie knetete nervös ihre Hände im Schoß.

»Also, Frau Kleinschmidt, ich muss schon sagen, ich bin überrascht. Ich hatte eigentlich erwartet, dass Sie sich freuen, wenn wir Ihnen eine Festanstellung anbieten. Das machen wir nicht oft!«

»Ja, sicher, und ich bin Ihnen ja auch dankbar, aber ... ich hatte mich doch damals, vor einem Jahr, um eine Stelle in der EDV-Abteilung beworben, und Sie hatten mir so halb und halb zugesichert ... und ich habe doch auch diese Zusatzkurse belegt ...«

»Frau Kleinschmidt, Sie leisten gute Arbeit, und wir sind auch sehr mit Ihnen zufrieden, aber – bei allem Wohlwollen – für eine Tätigkeit in der EDV-Abteilung reichen Ihre Qualifikationen doch nun wirklich nicht aus.«

Er blätterte flüchtig in Sophies Akte.

»Ihre Zeugnisse sind ja recht gut, und Ihre Weiterbildungsanstrengungen zeigen auch, dass Sie sich für Computer interessieren – sehr lobenswert!

Aber es ist doch eine ganz andere Ebene, um die es da geht! Für die EDV brauchen wir richtige Informatiker, studierte Leute. Das liegt doch etwas über Ihrem Niveau. Glauben Sie mir, mit Ihrer bisherigen Tätigkeit in der Buchhaltung werden Sie – und wir – glücklicher sein!«

Sophie sah auf ihre Füße und nickte unglücklich.

»Aber ich kann doch nichts dafür!«

»Nein, natürlich nicht! Sie können ja nie was dafür! Alle anderen Mitarbeiterinnen machen einfach ihren Job, ohne Probleme, nur Ihnen passieren dauernd solche Dinge!« Kirchner war jetzt so richtig in Fahrt.

»Aber ...« Sophie war den Tränen nah.

»Schluss jetzt! Frau Kleinschmidt, wenn so etwas noch einmal vorkommt, dann sorge ich dafür, dass man Ihnen den Schaden vom Gehalt abzieht! Und jetzt machen Sie diese Sauerei hier weg!«

Grußlos wandte Kirchner sich ab und ließ sie stehen.

Während Sophie versuchte, die Scherben der Kaffeekanne aus dem Kopierer zu fischen, ohne sich zu schneiden, hörte sie seine Stimme vom Flur:

»Natürlich wieder die Kleinschmidt! Warum haben wir eigentlich nur unfähige Mitarbeiter?

Aber heutzutage muss man ja nehmen, was man kriegt!«

»Aber das steht mir doch zu!«

»Frau Kleinschmidt, davon kann ja wohl keine Rede sein! Im Arbeitsvertrag ist eindeutig geregelt, dass Überstunden angeordnet werden müssen.«

»Aber ... Herr Kirchner, Sie haben doch selber gesagt, dass das unbedingt bis Freitag fertig sein muss ...«

»Jetzt kommen Sie bloß nicht auf die Idee, mir die Schuld zuzuschieben, wenn Sie mit ihrem Arbeitspensum nicht fertig werden! Sie hatten die ganze Woche Zeit dafür. Seien Sie froh, dass ich Ihnen die Gelegenheit gebe, abends nachzuholen, was Sie tagsüber nicht geschafft haben.«

»Aber wie konnte das denn nur geschehen?«

Kirchner schien nahe daran, sich die Haare zu raufen. Er blickte den Kripobeamten flehend an. »Es war doch immer alles im Computer! Wie können denn vierundzwanzig Millionen einfach verschwinden?«

Der Ermittler gab sich Mühe, seine Abscheu vor Kirchner zu verbergen. Der Mann fiel ja völlig auseinander!

»Unsere Untersuchungen werden erweisen, wohin das Geld gekommen ist. Die Analytiker sind schon an der Arbeit. Es wird allerdings seine Zeit brauchen – die Jungs haben mir schon bedeutet, dass da ein Profi am Werk gewesen sein muss! Das ist ganz raffiniert eingefädelt worden.

Bis wir im Einzelnen nachvollziehen können, wie er das Geld hat verschwinden lassen, das wird allerdings dauern. – Aber so lange können wir nicht warten. Gehen wir den Fall einmal von einer anderen Warte aus an: Wer in Ihrem Haus wäre zu so einem Computerbetrug denn überhaupt fähig? Wer hätte einen Grund dazu? Hat jemand einen Groll gegen die Firma – oder gegen Sie? Ist in letzter Zeit jemand gekündigt worden?«

Kirchner schüttelte den Kopf. »Nein, niemand. Da fällt mir niemand ein.«

Er sprach aus Überzeugung. Sophie Kleinschmidt war für ihn nicht ‚Jemand‘.

»Alles zu Ihrer Zufriedenheit, Frau Kleinschmidt?« Der Kellner dienerte lächelnd, eines guten Trinkgelds gewiss.

»Ja, danke, alles bestens.« Sophie legte die Füße hoch und ließ ihren Blick über den Pool schweifen. Noch eine halbe Stunde bis zu ihrer nächsten Anwendung. Zwölf Kilo hatte sie jetzt schon abgespeckt – mit Erfolg. Erstmals warfen Männer ihr interessierte Blicke zu.

Gut, der Aufenthalt im Resort war nicht ganz billig, aber Geld hatte sie ja jetzt genug. Obwohl ... vielleicht hätte sie doch nicht ...

Sophie hob die Zeitung auf und las noch einmal den Artikel, in dem von Kirchners Verhaftung berichtet wurde. Sie lächelte. Er würde niemals zufriedenstellend erklären können, wieso sich vier von den verschwundenen vierundzwanzig Millionen auf seinem Bankkonto wiederfanden.

Kein Pappenstiel, dachte Sophie. Viel Geld für meine Rache.

Aber, entschied sie, das war es mir Wert!

Maria Uleer

Pfeif mir das Lied vom Tod

»Mensch, Oma, ich brauch das Geld. Ich geb' es dir auch bestimmt zurück, sobald es bei mir wieder besser läuft.«

»Und wann soll das sein?«

»Oma! Du weißt, dass im Moment nichts klappt, weder im Job noch mit der Tina, und dann die ganzen Schulden. Ich bin wirklich am Ende.«

»Weil du dir das Motorrad gekauft hast und den großen Fernseher, klar, kein Geld, aber immer was Neues anschaffen. Wenn man nichts hat, darf man auch nichts ausgeben.«

Die Alte mit ihren Sprüchen! Unerträglich! Bald war das Ende seiner Geduld erreicht. Warum gab sie ihm nicht einfach das Geld, statt ihn Tag für Tag im Heim anrufen zu lassen, nur weil er ein paar Tausender brauchte. Die Alte war die Sturheit in Person! War schon in seiner Kindheit so geizig gewesen und hatte ihm bei ihren Besuchen nur lehrreiche Bücher mitgebracht und ihm beim Abschied 50 Pfennig in die Hand gedrückt.

Manchmal brüllte er sie an, doch dann riss er sich wieder zusammen, immer in der Hoffnung, irgendwann bei ihr einen günstigen Moment zu erwischen, in dem sie mürbe wurde. Aber nein, sie fertigte ihn mit ihren Moralpredigten ab oder legte einfach auf. Dabei brauchte er das Geld dringend, und sie hatte davon genug.

Mike wartete zwei Stunden, bis er sicher war, dass die Abendessenszeit im Heim vorbei war. Dann trank er zur Stärkung der Nerven einen Whisky, redete sich gut zu:

»Schrei bloß nicht, bleib ruhig; dieses Mal muss es klappen«, und startete einen neuen Versuch.

Das Telefon am anderen Ende der Leitung wurde abgehoben; die wohlbekannte Stimme schnarrte: »Mosbach.«

»Ich bin's noch mal. Mike.« Er schaffte es tatsächlich, in unterwürfig freundlichem Ton zu sprechen. »Oma, warum gibst du mir denn nicht das Geld? Es geht mir wirklich dreckig.«

»Hör auf mit deinem Gejammer! Als Kind hast du mich schon angebettelt, weil du unbedingt irgendwelchen unnützen Kram haben wolltest. Du konntest dich nie bescheiden, hast mir sogar das Kleingeld aus dem Portemonnaie gestohlen.«

Gleich würde sie wieder mit einer ihrer Lebensweisheiten ankommen. Mike umklammerte den Hörer. Er spürte, wie eine Zorneswelle in ihm hochstieg, die kaum noch zu bändigen war. Die Alte steckte ja nicht in seiner Situation, hatte sie nie im Leben kennen gelernt. Da ließ sich leicht reden.

Schon drang die verhasste Stimme an sein Ohr: »Spare in der Zeit, dann hast du in der Not. Und jetzt lass mich in Ruhe mit deinen Anrufen, du Nichtsnutz.«

Ohnmächtig vor Wut brüllte Mike: »Verreck doch an deinem Geld!«, und knallte den Hörer auf den Tisch. Das reichte. Das reichte für alle Zeiten. Jetzt mussten andere Mittel her. Wenn sie freiwillig nichts herausrückte, musste es eben mit Gewalt sein. Schließlich war er als einziger Enkel ihr Erbe, das wusste er, und da war es doch egal, ob er das Geld erst in ein paar Jahren oder jetzt schon bekam. Es stand ihm auf jeden Fall zu.

Wie stellte er es an, ihren Tod ein wenig vorzuziehen? Einfach eins ihrer vielen Medikamente gegen Gift austauschen, ihr den Hals zudrücken oder sie zu einem Spaziergang aus dem Heim locken und dann in den Kanal oder vor die Straßenbahn stoßen? Nein, da würde man ihm schnell auf die Schliche kommen. Auf alle Fälle musste er sie im Heim besuchen, um sich einen Überblick über die Umgebung und die Möglichkeiten zu verschaffen.

Wie zu erwarten, war sie nicht wenig überrascht, als sie ihn so plötzlich in der Tür stehen sah. Misstrauisch herrschte sie ihn an: »Was bezweckst du mit deinem Überfall? Willst du mich statt mit Telefonanrufen jetzt mit Besuchen terrorisieren?« Mike schluckte die Antwort hinunter und schaute sich um. Zwei elegante Zimmer, die gewiss eine Stange Geld kosteten. Gab es hier irgendetwas, das sich dazu eignete, die Alte unauffällig um die Ecke zu bringen? Wenn er ihr den Teppich ein Stückchen unter den Füßen wegzog, damit sie hinfiel? Das sah bestimmt nicht nach einer Gewalttat aus. Aber dabei würde sie sich womöglich nur die Arme oder die Beine brechen. Ein unglücklicher Sturz aus dem Fenster? Immerhin wohnte sie im zweiten Stock, wie er feststellte.

»Warum sagst du nichts? Hat es dir die Sprache verschlagen?« Sie musterte ihn unwillig.

»Ich wollte nur mal schauen, wie es dir geht, Oma«, beeilte Mike sich so liebenswürdig wie möglich zu sagen.

»Das glaubst du doch selbst nicht. Setz dich und fang bitte gar nicht erst mit deinem ewigen Thema an. Willst du ein Stück Kuchen? Ich hole dir eins aus der Cafeteria.« Klar, wenn sie sich Kuchen aufs Zimmer bringen ließ, kostete das ja Geld extra. Mike nickte gleichgültig. Frau Mosbach holte ihr Portemonnaie: »Ich bin gleich zurück. Du kannst solange die Zeitung lesen, wenn du willst. Ist wieder ein schlimmer Mord in unserer Nähe passiert.« Sie drückte ihm den Generalanzeiger in die Hand.

Mord. Das kam ihm gerade recht. Neugierig schlug er die Zeitung auf. Bevor er jedoch zum Lokalteil kam, entdeckte er eine kurze Nachricht, die ihn sogleich fesselte: Ein Mann hatte sich derart über die häufigen Anrufe aus einem Callcenter geärgert, dass er, als er wieder einmal gestört wurde, in seiner Wut mit einer Trillerpfeife ins Telefon gepfiffen hatte. Die junge Frau am anderen Ende der Leitung hatte einen dauerhaften Schaden davongetragen und hatte vor Gericht 4000 Euro Schadensersatz zugesprochen bekommen.

Eine junge Frau! Einen dauerhaften Schaden! Mikes Gedanken überschlugen sich. Das war's! Was bei der jungen Frau nur einen ‚dauerhaften Schaden‘ verursacht hatte, würde bei der Alten mit ihren vielen Wehwehchen sicher zum Herzinfarkt führen. Und er müsste sich noch nicht einmal die Hände dreckig machen. Er zog einen Stift aus der Tasche und schrieb auf den Rand der Zeitung: Ist was dazwischen gekommen. Ich ruf dich an!!! Mike. Dann verließ er eilig das Heim. Warum sollte er warten?

Verdächtige Spuren würde es nicht geben, da er das Heim für sein Vorhaben gar nicht betreten musste. Andererseits wusste man nie, ob die Ärzte nicht vielleicht doch ein geplatztes Trommelfell außer dem Herzinfarkt feststellen würden oder die Alte vor ihrem Tod noch etwas sagen konnte. Im Fernsehkrimi notierte die Polizei sich auch oft die letzten Anrufe, die der Tote empfangen hatte, um dann die Anrufer aufzusuchen. In dem Fall hätte er keine guten Karten.

Mike trat gegen eine Mülltonne, die ihm im Weg stand. Er würde als einziger Enkel besondere Besorgnis heucheln müssen, die ihn dazu veranlasst hatte, mindestens zwei Mal am Tag mit der ‚lieben' Großmutter zu telefonieren. Und er würde jetzt etwas warten und dann nicht von zuhause, sondern von einer Telefonzelle anrufen, damit der Anrufer nicht zurückverfolgt werden konnte.

Und wenn sie überhaupt nicht starb? Dann durfte erst recht niemand feststellen, von wem der Pfeifton kam. Aber diesen Fall wollte er sich gar nicht erst vorstellen.

Was musste er sonst noch bedenken? Mike suchte sich ein Geschäft, das groß genug war, dass man sich nicht an einen Trillerpfeifenkäufer erinnern würde. Dann überlegte er, wann die günstigste Zeit für einen Anruf war. Am besten kurz nachdem alle Heimbewohner im Bett lagen, da dann niemand die Alte so schnell vermissen würde.

Mike dachte an das Erbe – es würde mehr sein als die 4000 Euro, die die Frau aus der Zeitung als Schadensersatz bekommen hatte – und goss sich voller Vorfreude einen Whisky ein. Heute war der Tag, an dem sich sein Leben ändern würde. In einer Stunde würde er zum Bahnhof fahren und von dort anrufen, denn Trillerpfeifen fielen dort in dem Lärm und dem Getümmel wenig auf. Als er den Kapuzenpulli überzog, läutete sein Telefon. Gut gelaunt nahm er den Hörer ab und schrie vor Schmerz auf, als ein grässlicher Pfeifton ihm fast das

Ohr zerriss. Er ließ den Hörer fallen und sank jammernd auf das Sofa.

Zwei Tage später kam ein Brief: *Danke für Deine Notiz am Zeitungsrand und den Hinweis, dass Du mich anrufen wirst. Daneben stehend fand ich einen sehr interessanten Artikel, der mich dazu bewog, Dir 4000 Euro zu überweisen. Deine Großmutter.*

Claudine Landgraf

Das Fläschchen

Herr Grabowski hat in der letzten Zeit Schwierigkeiten, sich zu konzentrieren. So viel ist auf ihn herabgestürzt. Die drohende Arbeitslosigkeit in einer Firma, die ihm bisher eine Mutter gewesen war, sogar mehr, hatte sie doch auch Partnerin und Kinder ersetzt; denn dem Risiko einer Familiengründung war er immer sorgfältig aus dem Weg gegangen. Einzig und allein die Stelle bei Schulz und Co. hatte seinem Leben Rhythmus und Struktur gegeben. Und jetzt sollte er das Undenkbare denken: Er, weg von der Firma und die Firma ohne ihn! Dennoch durchforstet er die Zeitungen nach Stellenanzeigen, um schon vor der Kündigung alles im Griff zu haben.

Schwerfällig erhebt er sich vom Frühstückstisch, stapelt mit denselben Gesten wie jeden Tag das Geschirr, wischt die blaue Plastiktischdecke ab, stellt den Stuhl gerade. Ordnung muss sein.

Das Klingeln des Telefons lässt ihn zusammenfahren. Hoffentlich sind es nicht die Eltern, er hat ihnen die

Hiobsbotschaft noch nicht verkündet. Die Stimme Meyers, seines Kollegen aus dem Büro, kommt ihm plötzlich melodisch und liebenswert vor.

»Ja, Wolfgang, was kann ich für dich tun?«

»Könntest du mir irgendeine Kleinigkeit besorgen für die Weihnachtsfeier morgen Abend? Ich liege jetzt mit einer Grippe im Bett, ich werde nicht dabei sein. Will aber wenigstens geschenkmäßig meinen Beitrag leisten.«

»Ach, auch das noch, ich hatte doch total die Weihnachtsfeier vergessen. Sekt werde ich bringen. O.k.?«

»In Ordnung, es hat alles sowieso nicht mehr viel Sinn, die Entlassungen sind schon geplant. Wer über fünfzig ist, fliegt.«

»Da hast du Recht.« ... ‚Ich bin aber einundvierzig!‘, denkt er, sagt aber nichts.

Herr Grabowski schreibt seine Einkaufsliste, deutsche Produkte, um deutsche Arbeitskraft zu unterstützen, obwohl in der Landwirtschaft ... wo man auch hinblickt, alles ist von Ausländern unterwandert. ‚Deutschland den Deutschen!‘ hat er irgendwo gelesen.

Er liebt die großen Einkaufszentren, man braucht nicht zu sprechen, man wählt aus, wirft alles in den Wagen und schnell zur Kasse. Es heißt sogar, dass bald auch mit Kreditkarte am Automaten bezahlt werden kann, dann wird man nicht einmal mehr das blöde »Ich wünsche Ihnen einen schönen Tag!« mit einem »Ihnen auch!« beantworten müssen. Amerikanische Unsitte! Jetzt einen kleinen Strauß Rosen für die Mutter. Jeden Samstag ist Kaffeetrinken bei den Eltern angesagt. Heute ist Herr Grabowski nicht so frohgemut wie sonst immer an diesem Tag. Der Himmel ist grau, so grau wie die Haut des Afrikaners, der die Einkaufswagen sammelt, um sie anschließend vor den Eingang zu stellen. Schwarzarbeit wahrscheinlich. Die Kälte scheint dem Mann zuzusetzen.

In seine Wohnung zurückgekehrt, räumt Grabowski die Einkäufe ein, lässt sich am Tisch auf einen Stuhl fallen. Er legt seine Hände flach vor sich hin. Schon als Kind hat er sie innerlich mit den Händen Dürers, die an der Wohnzimmerwand hingen, verglichen, sie zu kompakt gefunden, obwohl sie ihm immer eine treue Hilfe gewesen waren. Und später bei der Lehre in der Firma haben sie zielsicher die Schrauben gedreht, dann die Umschulung auf Computer bewerkstelligt. Nur das Streicheln ist ihnen nicht gelungen. Die Susi meinte ... Ach, was soll's. Er steht abrupt auf. Frauen! Frauen, mit denen kann er nichts anfangen, nur das, was er sich einmal im Monat in der Rosenstraße holt. Seine Mutter ist die einzige Frau, die er achtet. Sonst? Na ja, Schwamm drüber ...

Er zieht seinen besseren Anzug an, das Haar wird glatt frisiert. Zuerst ins Elternhaus und dann in die Kantine der Firma. Er schleppt den Karton mit dem Sekt.

Vor dem elterlichen Haus braucht er nicht den Schlüssel aus der Tasche zu ziehen, schon wird die Tür geöffnet.

»Oh! So schick hat er sich für die alte Mutter gemacht! Danke für die Blumen.«

Das Schlurfen der ausgetretenen Pantoffeln begleitet ihn überallhin so wie die ununterbrochene Rede: »Leg ab und komm in die Küche, wir trinken Kaffee. Dein Zimmer oben habe ich gestern gründlich geputzt, du weißt, du kannst jeder Zeit wieder einziehen ...«

Sie redet und redet. Die beiden Männer essen schweigend den Kuchen, ohne hinzuhören, der Sohn wartet auf eine kurze Pause und fürchtet sie gleichzeitig. Er nimmt einen Satz wahr: »Dein Zimmer habe ich frisch tapeziert, ich verstehe nicht, warum du unbedingt in dieser Wohnung bleiben willst. Ich komme morgen bei dir vorbei und putze.« Plötzlich hat er es eilig zu gehen, er weiß, wenn er von seiner baldigen Entlassung spricht, dann ist er verloren.

»Ich muss jetzt gehen, wir haben Weihnachtsfeier in der Firma, und ich wollte bei der Vorbereitung mithelfen.«

Nach hastigem Abschied fährt er weg.

Die Kolleginnen sind höchst erstaunt, ihn so früh zu sehen, geben ihm Teelichter in kleinen Gläsern, die er auf die Tische stellen soll.

»Was hat der Grabowski heute? Ist er krank? Sonst hat er nie geholfen«, flüstert die Monika von der Finanzabteilung.

Er erledigt dies und jenes, lässt sich auf einen Stuhl fallen, so dass er den ganzen Saal im Auge hat. Die Mitarbeiter strömen alle auf einmal herein. Hinter ihm flüstert eine schüchterne Stimme:

»Ist der Platz frei?«

»Ja, warum nicht?«

Er dreht sich herum und erblickt einen Kollegen aus dem Senegal.

»Bitte sehr, bitte sehr!«

Sie sitzen nebeneinander ohne Blickkontakt. Der Afrikaner sagt lächelnd:

»Sie sind in der Verwaltung? Ich arbeite bei der Entwicklung. Habe in München mein Ingenieurdiplom ...«

»Natürlich, alles auf unsere Kosten.« Grabowski dreht ihm abrupt den Rücken zu.

Glücklicherweise fängt der Direktor mit seiner Rede an. Am Ende klatschen alle Beifall und sein Tischnachbar sagt: »Ich habe für Sie ein Weihnachtsgeschenk«, und gibt ihm eine kleine Flasche. Rot vor Verlegenheit und mit einem kurzen »Danke!« steckt sie Grabowski in die Tasche. Dann spielt die Musik. Es ist Damenwahl, und Monika von der Finanzabteilung fordert ihn zum Tanz auf. Sie schaut schmachtend zu ihm auf. Grabowski flüchtet sich an die Bar und kehrt allen den Rücken zu. Er trinkt ein Kölsch nach dem anderen. Die Wirklichkeit wird erträglich, er wagt ein paar schlüpfrige Witze, hört Lachen um sich herum, findet sich geistreich. Die Gesellschaft löst sich auf, es ist schon Mitternacht.

Ein Kumpel stützt ihn und bringt ihn bis zu einem Bus. Dann steht er vor seiner Tür, der Schlüssel passt erst nach mehreren Versuchen. Sorgsam, wenn auch schwankend, zieht er seine Jacke aus und zerrt dabei die kleine Flasche aus der Tasche.

»Mal sehen, wie das Zeug schmeckt. Süß, hat es aber in sich!«

Die Klingel zerreißt die sonntägliche Ruhe. Wankend stolpert er zur Tür, öffnet sie abrupt, voller Zorn wegen der Störung. Vor ihm steht der Hausmeister, der ihn entsetzt anschaut:

»Ist der Herr Grabowski nicht da?«

»Aber, aber«, krächzt er, seine Stimme will ihm nicht gehorchen.

»Sagen Sie dem Herrn Grabowski, dass er, wenn er betrunken abends nach Hause kommt, leiser sein soll!«

»Aber, aber«, kann er nur noch flüstern, schaut nach unten, etwas stimmt nicht, er erblickt zwei schlanke, braune Füße.

Erschrocken schließt er die Tür und macht das Licht an. Das Erste, was er wahrnimmt, ist eine dunkelbraune Hand auf dem Schalter. Er torkelt zum Garderobenspiegel: Ein Afrikaner starrt ihm entgegen. Er dreht sich um, noch in der Hoffnung, dass er sich irgendwo entdeckt. Vergebens. Beim Laufen nimmt er wahr, dass sein Gang federnd geworden ist, seine Unterhose lässt den Blick auf zwei muskulöse Beine frei. Sein Körper fühlt sich ganz leicht an, sein Sinn aber nicht. Es ist kurz vor zehn, dann wird seine Mutter bald zum Putzen da sein. Angst ergreift ihn, Panik sogar. Sie darf ihn nicht so sehen.

Er zieht schnell die Hose seines Trainingsanzugs an; sie schlottert ihm um die Beine. Mit einer Schnur bindet er sie fest. Schwieriger wird es mit den Schuhen, zu groß, dann lieber keine, nur Socken und Pantoffeln, dann die Friesenjacke darüber und nichts wie weg.

Als er am Spiegel vorbeigeht, zieht er sich die Kapuze ins Gesicht und schleicht sich aus der Wohnung. In der Diele unten trifft er auf seine Mutter, die ihn kalt taxiert, er hastet weiter. Wie er sie kennt, wird sie bestimmt zwei Stunden lang fegen und bohnern.

Auf dem Kinderspielplatz gibt es Bänke. Verwirrt sitzt er da mit leerem Blick. Wie ist so was möglich? Es kann nur am Inhalt der kleinen Flasche gelegen haben, das Bier war einwandfrei. »Und jetzt? Was mache ich jetzt?«, fragt er sich.

Einige Sportsfreunde rennen an ihm vorbei.

»Da ist ja Wolfgang. Ich dachte, er sei krank.« Seine neue Haut vergessend, ruft er:

»Hei ! Kumpel!«

Wolfgang flitzt an ihm vorbei, ohne ihn eines Blickes zu würdigen. Jetzt fällt ihm auf, dass die Passanten auf der Straße ihn alle nicht beachtet haben. Er war Luft für sie. Ja, mit den Klamotten, kein Wunder! Jetzt sitzt er da, ganz allein, ohne Geld und zunächst einmal ohne Dach über dem Kopf. Erschrocken fragt er sich, ob er seinen Schlüssel dabei hat und sucht in den Taschen seines Regenmantels, nichts.

»Kann ich dir helfen?« Weiße Zähne in einem schwarzen Gesicht, eine warme Stimme, die deutsche Sprache singend: »Hast du etwas verloren? Du bist neu hier, habe dich noch nie gesehen. Eben angekommen?«

»Nein, nein, alles o.k. Ich warte auf meinen Freund.«

»Ich werde ja richtiggehend erfinderisch«, denkt Grabowski.

»Einen Freund hast du schon, sag ihm, dass er dir andere Kleider besorgen soll, vor allem Schuhe.«

Lachend entfernt sich der Riese, und er bleibt allein. Langsam erhebt er sich. Der Hunger macht sich bemerkbar. An der Kirche vorbeigehend, stellt er fest, dass nur eine Stunde vergangenen ist. Seine Uhr hat er auch vergessen. Das Portal geht auf, die Kirchgänger strömen aus der Dunkelheit voller Orgelmusik, die Frommen sehen ihn nicht an, er ist noch nicht daran gewöhnt. Wenn er bloß eine dunkle Ecke finden könnte, um die Taschen seiner Hose untersuchen zu können. Vielleicht ist der Schlüssel dort? Ein kleines Mädchen stellt sich vor ihn hin und fragt: »Warum bist du so schwarz?« Er lächelt sie an, sie ergreift seine Hand und lacht, springt um ihn herum. »Dorothea, komm sofort zurück!« Kind und Mutter entfernen sich eilig. »Warum, warum?«, schreit das kleine Mädchen. Er verharrt einige Sekunden. So etwas ist ihm noch nie passiert. War er, er Grabowski, gemeint oder seine schwarze Haut? Er steht auf und rennt. Seine Bewegungen sind frei, er spürt die Kraft seiner Beine, so schnell ist er nie gelaufen. Rasch bewegt er sich in Richtung der Büsche am Flussufer. Da hatte er früher Penner gesehen. Aber jetzt im Winter? Keine Spur von denen, nur einige Kartons, die sie als Kälteschutz benutzten. Unschlüssig betrachtet er die trostlose Umgebung. Nackte Bäume, riesige Röhren aus Zement. Das Wasser des Stromes ist ölig. Aus einer der Röhren kommt ein Pfiff:

»He, du, komm her!" Dann ein langer Satz in einer unbekannten Sprache. Grabowski reagiert nicht.

»Du nicht kommen aus Nigeria?«

»Nein.« Grabowski lächelt sein dümmstes Lächeln. Er erkennt den Afrikaner mit den Einkaufswagen.

»Papiere?« Grabowski verneint.

Sein Elendsbruder teilt mit ihm das wenige Essen, das er hat. So hungrig ist er, dass er mit den Fingern den scharfen Grießbrei mit rot leuchtender Sauce zu sich nimmt. Licht kommt aus einer Gaslampe, im Hintergrund sieht er eine Campingkochausrüstung. Ja, schlafen darf er auch, eine dünne Decke und ein Karton sind sein Bett. Als er wach wird, ist niemand mehr da. Seine Füße sind inzwischen warm geworden. Also bleibt er liegen und versucht, den bitteren Geschmack des Schamgefühls zu vergessen. Wut und Demütigung schluckt er herunter, er schläft ein. Was soll er auf der Straße?

Bald darauf wird er wieder wach. Sein Leben hat ihm bisher wenige Gelegenheiten geboten, Entscheidungen zu treffen, die einzige war, als er eine Wohnung für sich allein gemietet hat, ohne seine Eltern davon in Kenntnis zu setzen. Er will jetzt mit seiner schwarzen Haut nicht hier, in dieser Stadt, bleiben. Die Stadt erkennt ihn nicht mehr. Die anderen Schwarzen haben wenigstens noch eine Heimat. Hass auf seinen gestrigen Tischnachbarn, Hass, nur Hass wallt in seiner Brust.

Sein freundlicher Gastgeber ist immer noch nicht erschienen, deshalb faltet er die Decken und räumt die Essensreste weg. Deutsche Ordnung. Da sieht er, seine Hände sind wieder weiß. Dann kriecht er mühsam aus seinem Zufluchtsort und schleppt sich zuerst in der Stadt herum. Atemnot und Müdigkeit ... Passanten, die ihn erkennen, betrachten ihn verdutzt, er fühlt sich aber wahrgenommen. Nachhause will er doch, sich verstecken. Pech! Der Hausmeister steht mit einem Besen in der Hand, vor der Tür.

»Herr Grabowski! Wo waren Sie denn, Ihre Frau Mutter sucht Sie überall. Ich habe ihr nichts von Ihrem komischen Besuch erzählt. Sie hätte sich noch mehr Sorgen ...«

»Bitte, Herr Koschwitz, ich habe meinen Schlüssel in der Wohnung liegen lassen. Können Sie mich hereinlassen?«

Endlich bleibt er allein, als der Hausmeister ihn vor seiner Wohnung verlässt. Er sperrt die Tür sorgfältig zu und wirft angsterfüllt einen Blick in den Spiegel. Gar nicht überrascht, nur erleichtert stellt er fest, dass er wieder der Alte ist. Er findet sich sogar schön, wenn auch etwas blass.

Herr Grabowski wurde übrigens doch nicht entlassen. Er gehört weiterhin zur Belegschaft ebenso wie sein senegalesischer Kollege, dem er aber, wenn es eben möglich ist, aus dem Wege geht. Herr Koschwitz hat ihn mit einem schiefen Lächeln sehr oft auf den nächtlichen Besuch des ‚Negers' angesprochen. Weiß der Kuckuck, was er alles erzählt.

Wenn er an seine Verwandlung denkt, kocht er vor Wut. Er kauft sich eine kleine Flasche: Gift gegen Mäuse und Kakerlaken. In seiner Jackentasche ist sie immer parat. Herr Grabowski wartet.

Christel Kehl-Kochanek

Happy End

Er hatte erwartet, schweigende Menschen im Speiseraum anzutreffen. Stattdessen vernahm er Gemurmel und einmal sogar ein verhaltenes Lachen. Er hob den Blick. Alles hier entsprach seiner Vorstellung von Exklusivität. Diesbezüglich hatte man ihm also nicht zu viel versprochen. Nur wer Geld hatte, konnte sich diesen Luxus leisten. Auch er hatte für diese letzten Tage oder Wochen seines Lebens eine horrende Summe gezahlt, was in Anbetracht seines baldigen Ablebens aber keine Rolle spielte. Familie gab es nicht mehr, Partnerin verlassen, Firma insolvent. Er saß allein am Tisch. Das Viergangmenü mochte noch so verlockend daherkommen – er hatte keinen Appetit. Früh verzog er sich auf sein Zimmer und schlief mit Hilfe einer vorsorglich auf dem Nachttisch liegenden Tablette schnell ein.

Am nächsten Tag regelte er die restlichen Formalitäten und fand auch hier seine Erwartungen bestätigt: zuvorkommend, höflich, dezent. Man verwies ihn auf den Golfplatz, das Schwimmbad und die weiträumigen Parkanlagen, die ausschließlich den Bewohnern des Hauses zur Verfügung standen. Er dankte, verzichtete aufs Frühstück und ging in den Park. Dort setzte er sich auf eine Bank und schaute den Enten zu, die, wie ihm schien, lustlos vor sich hinpaddelten. Im Gegensatz zu ihm konnten sie nicht darüber bestimmen, wann ihr Leben ein Ende hatte. Sein Ende dagegen war selbstbestimmt – sicher, schmerzfrei, ja, sogar glücklich. So wenigstens war es ihm vertraglich zugesichert. Tag und Stunde waren nicht festgelegt. Man ließ ihm wie allen Klienten grundsätzlich Zeit, ihren Entschluss zu überdenken. Bitter lächelnd schüttelte er den Kopf.

Mittags saß er wieder alleine am Tisch, aß ohne Appetit. Beim Hinausgehen traf er an der Tür auf eine junge Frau, der er höflich den Vortritt ließ. Sie dankte wortlos mit einem Kopfnicken und gequälten Lächeln. Gemeinsam betraten sie den Fahrstuhl. Im zweiten Stock stieg sie grußlos aus. Er folgte ihr und sah, dass sie das Zimmer neben ihm bewohnte. Von jetzt an sah er sie häufiger. Im Park begegneten sie sich täglich, aber nach wie vor schien sie ihn nicht zur Kenntnis zu nehmen.

Als er sie eines Tages auf der Bank am Ententeich antrifft, bittet er, neben ihr Platz nehmen zu dürfen. Sie hebt den Blick – große dunkle Augen – und nickt.

»Sind Sie schon länger hier?«, fragt er.

Sie wendet sich ihm zu und runzelt die Stirn.

»Entschuldigung«, murmelt er und bemüht sich, seine Aufmerksamkeit auf die Umgebung zu konzentrieren.

Die frühsommerliche Morgensonne wärmt wohltuend. Sanft spielt der Wind in der Weide am Teich, deren Spiegelbild sich in den kräuselnden Wellen des Wassers bricht. Im Gras liegen die Enten – die Köpfe ins Gefieder gesteckt. Nur eine Entenmutter mit ihren fünf Jungen schwimmt vorbei. Er schließt die Augen, vernimmt das fiepsende Rufen der Küken und das morgendliche Gezwitscher der Vögel. Tief atmet er auf, genießt das so ungewohnte Gefühl von Ruhe und Frieden. Plötzlich ein Hilferuf. Die Bank neben ihm ist leer. Unbemerkt hatte sie sich entfernt und hockt jetzt hilflos auf einem Seitenweg, ist gestolpert und kann nicht mehr laufen. Er telefoniert Hilfe herbei, fasst sie unter, so dass sie bis zur nächsten Bank humpeln kann.

Später klopft er an ihre Zimmertür. Sie bittet ihn herein und dankt noch einmal für seine Unterstützung. Mit einem Buch sitzt sie auf der Couch unter dem Fenster. Die Sonne malt blauschimmernde Kreise in ihr schwarzes langes Haar. Ja, sie habe sich den Fuß verstaucht. Jetzt müsse sie sich gezwungenermaßen hier aufhalten, was in Anbetracht ihrer Situation eine zusätzliche Belastung sei. Er nickt und bietet an, ihr Gesellschaft zu leisten, wann immer sie das Bedürfnis danach habe. Zum erstenmal sieht er sie lächeln. Hübsch ist sie, hübsch und so zerbrechlich.

Viele Stunden des Tages verbringen sie von jetzt an gemeinsam. Er erfährt, dass ihr Mann sie verlassen hat, als ihr Kind mit vier Jahren gestorben ist.

Auch er erzählt aus seinem Leben, von Überdruss, Einsamkeit, Ekel. Bei den Mahlzeiten sitzen sie gemeinsam am Tisch und als sie wieder laufen kann, spazieren sie im Park. Ihr Lieblingsplatz ist die Bank am Teich. Und hier ist es auch, dass er sie eines Tages in die Arme schließt und küsst. Sie erwidert seine Küsse nicht, aber sie wehrt ihn auch nicht ab.

»Ich kann noch nicht daran glauben«, sagt sie leise mit Tränen in den Augen, »bitte lass mir Zeit!«

»Die sollst du haben, Marie, alle Zeit, die du brauchst«, entgegnet er zärtlich.

Wenige Tage später gehen sie zur Direktion, um mitzuteilen, dass sie von ihrem Vorhaben absehen. Gemeinsam wollen sie noch einmal ins Leben zurückkehren. Madame bittet sie lächelnd, auf dem Sofa unter dem Fenster Platz zu nehmen. Wieder bewundert er die blaugleißenden Sonnenkreise in Maries Haar und ein unermessliches Gefühl von Freude und Leichtigkeit durchströmt ihn.

»Es tut gut, Sie so strahlend glücklich zu sehen«, sagt Madame. »Haben wir es Ihnen nicht versprochen?«

Als er nickt, trifft ihn die Kugel. Er fällt in sich zusammen, wird auf die Couch gebettet. Forschend schaut Madame ihm ins Gesicht.

»Ja«, meint sie nach einer Weile zufrieden, »auch er ist in einem glücklichen Augenblick aus dem Leben geschieden, so, wie wir es allen unseren Klienten schuldig sind.«

Sie wendet sich ab und geht zum Tresor. »Gute Arbeit, Marie!«, sagt sie anerkennend und überreicht ihr das vereinbarte Honorar.

Barko Bartkowski

Wie jedes Jahr

Am Heiligabend gegen dreizehn Uhr steigt Helmut schweren Schrittes die knarzende Holztreppe hinunter, um sich auf den Weg zu seiner Familie zu machen.

Den Vormittag hat er mit Putzen und Aufräumen verbracht, die kleine Dachgeschosswohnung in einen vorzeigbaren Zustand gebracht. Er weiß eigentlich nicht so recht, warum. Nur für den Fall ...? Alberne Hoffnung.

Auf Weihnachtsdekoration hat er verzichtet – wie immer seit jenem Heiligabend vor zehn Jahren, an dem Weihnachten für ihn gestorben war.

Auf den Straßen sind noch viele Menschen unterwegs. Je mehr er sich der Innenstadt nähert, desto dichter wird das Gedränge.

Auch in der Stadtbahnstation: Lichterketten, Girlanden, Weihnachtslieder. Es riecht nach gebrannten Mandeln. Menschen mit vollgepackten Einkaufstüten drängeln in die Waggons. Mit Mühe findet Helmut einen Stehplatz. Der Mann neben ihm summt mit halb geschlossenen Augen ‚Ihr Kinderlein kommet' vor sich hin und verbreitet Glühweingeruch.

Jemand rempelt ihn an. »Frohe Weihnachten!«, hört er, statt einer Entschuldigung.

»Ja«, antwortet Helmut leise, »Frohe Weihnachten.«

Er ist der Einzige, der an seiner Station aussteigt. Wenige Minuten vor Ladenschluss erreicht er das kleine Blumengeschäft an der Ecke. Die Weihnachtssterne sind wirklich hübsch, aber er nimmt nur ein Gesteck, wie jedes Jahr. Etwas frisches Tannengrün. Nein, auch

kein übriggebliebenes Bäumchen aus dem Sonderange-
bot. Das wäre unpassend.

Er tastet in seiner Manteltasche, ob er die Kerze auch
nicht vergessen hat.

Draußen ist es schon fast dunkel geworden. Die tief-
hängenden Wolken scheinen Schnee zu versprechen,
geben aber nur einen feinen Nieselregen von sich. Helmut schlägt den Kragen hoch und wandert langsam an
der hohen Ziegelmauer entlang.

Als er um die Ecke biegt, läuft ihm ein Kind im gelben Anorak entgegen: Annika! – Nein, sie ist es nicht.
Er atmet tief durch. Natürlich ist sie es nicht, aber sie
sieht ihr so ähnlich ...

Unsinn! Er ruft sich zur Ordnung. So hat Annika vor
zehn Jahren ausgesehen; inzwischen wäre sie 21. Sie
würde ihm nicht mehr entgegenlaufen – nie mehr. Sie
wartete auf ihn, zusammen mit Tanja und ihrer Mutter.

Wie jedes Jahr.

Peter würde nicht da sein. Helmut hatte ihm geschrieben, wie jedes Jahr, und natürlich hatte Peter nicht geantwortet. Das tat er nie. Anfangs waren Helmuts Briefe
zurückgekommen, jetzt gab es nicht einmal mehr dieses
Lebenszeichen. Trotzdem hatte Helmut seine Pflicht
erfüllt und ihm geschrieben, dass er Mutter und die
Mädchen am Heiligen Abend besuchen würde. Und
hatte, wie immer, die Einladung hinzugefügt, sich ihm
anzuschließen, ihn dort zu treffen, vielleicht den Abend
gemeinsam zu verbringen ...

Eine leere Geste.

114

Das schmiedeeiserne Tor steht offen. Helmut tritt ein. Das Licht der Straßenlaternen bleibt hinter ihm zurück, aber er kennt den Weg. Seine Schritte knirschen laut auf dem weißen Kies. Zweite links, dann Dritte rechts. Er bleibt stehen.

Bevor er das Gesteck niederlegen kann, muss er welke Blätter entfernen. Er entzündet das Windlicht und richtet sich ächzend wieder auf. Eine Weile steht er einfach nur da und blickt auf den schlichten Stein.

An jenem letzten Heiligabend hatten sie gestritten, die ganze lange Autofahrt hindurch. Peter, damals schon im ersten Studienjahr, zankte sich mit der fünf Jahre jüngeren Tanja, die den Besuch bei der Oma ‚ätzend‘ fand. Als Annika, die zwischen den beiden saß, auch noch zu maulen anfing, hatte Helmut sich nach hinten gebeugt, um ein Machtwort zu sprechen.

Wie jedes Jahr versucht Helmut, sich zu erinnern. Hatte er einen Aufschrei gehört? Hatte er den Schatten des Lasters auf sie zurasen gesehen? Er wusste es nicht. Waren die Bilder in seinem Kopf real, oder hatte er sie sich zurechtgemacht, aus den Schilderungen der Ärzte, aus dem Polizeibericht?

Aus Peters hasserfüllten Anwürfen?

Tief in Gedanken, dringt das Geräusch der sich nähernden Schritte erst in sein Bewusstsein, als es verstummt. Neben ihm schnauft jemand, eine weiße Atemwolke treibt in sein Gesichtsfeld. Helmut steht starr, wagt nicht, sich zu rühren, nicht zu atmen – bis eine Hand, zaudernd und unsicher, sich auf seinen Arm legt.

Maria Uleer

Zweite im Kugelstoßen

Oma sieht mal wieder fern. Leichtathletikmeisterschaften. Vorletzte Runde Kugelstoßen. »Unverschämt, diese Reporter. Können sie nicht bei einer Sportart bleiben? Jetzt will ich sehen, wer gewinnt, da blenden sie den 1000-m-Lauf ein.« Unwirsch wirft sie die Decke von den Knien und schiebt ihren Rollstuhl an den Kühlschrank, um sich Mineralwasser zu holen. »Trink doch ein Bier mit, Oma.« »Dummer Junge. Alkohol schwächt den Körper, das ist mir in meiner aktiven Zeit lange genug eingetrichtert worden. Daran solltest du dich auch halten, aber bei deinem Umgang, da ist mein Reden sowieso für die Katz.« Mein Umgang. Damit waren Robbie, Tiger und Matze gemeint, und natürlich Viktor. Aber der ist ja nicht mehr dabei.

»Wieso bist du eigentlich nicht in der Schule? Weiß deine Mutter davon?« Das fragt sie jedes Mal. Und jedes Mal sage ich: »Ach, Oma, Schule. Scheiß drauf. Morgens ist genug; da muss ich nicht auch noch nachmittags da rumsitzen.« Meine Mutter kommt erst abends spät nach Hause, acht Stunden Friseursalon, und dann verdient sie noch bei Bekannten schwarz dazu. Klar, dass sie danach andere Dinge im Kopf hat, als sich um mich zu kümmern. Gott sei Dank. So kriegt sie auch nicht alles mit, was hier so passiert. Zum Beispiel die Sache mit Viktor. Das hätte verdammt schief gehen können.

Viktor war zwei Jahre älter als ich, also 18. Dass er mich überhaupt in seine Clique aufgenommen hatte, lag wohl daran, dass er ein ziemlich schmächtiges Kerlchen war und ich für mein Alter kräftig gebaut. »Dich können wir brauchen, Maik«, hat er gesagt. »Du stellst keine Fragen und packst zu, wenn es sein muss.« Anfangs war ich mächtig stolz, zu seinen Freunden zu zählen. Kleine Einbrüche, nur so zum Spaß, wir taten ja niemandem was zuleide, holten uns nur, was die Beklauten sowieso im Überfluss hatten. Handys, Navis, Laptops, manchmal etwas Bargeld.

Oma wunderte sich über die Geräte, die ich an ihr vorbei zu schleusen versuchte und die nach ein paar Tagen wieder aus dem Haus verschwanden. »Viktors Eltern sind reich«, versuchte ich sie zu beschwichtigen. »Wir verkaufen nur, was sie nicht mehr brauchen.« »Halt mich nicht für dumm! Dieser Kerl bringt dich auf die schiefe Bahn. Lass die Finger von ihm.« Sie konnte Viktor nicht ausstehen. Sobald er zur Tür hereinkam, knurrte sie: »Was willst du? Sucht dich die Polizei?« »Misch dich nicht in unsere Angelegenheiten, Alte«, fauchte Viktor zurück. »Was heißt hier Alte? Mit dir Hungerhaken nehme ich es noch spielend auf.« Wütend schob Oma ihre Ärmel hoch und ließ ihre Muskeln spielen. Viktor lachte höhnisch: »Na klar, machen wir doch mal ein Tänzchen«, und trat gegen die Räder des Rollstuhls. Oma beherrschte sich mühsam und rollte in den Garten, um sich mit Kugelstoßen abzureagieren. Ach ja, ich vergaß zu sagen, dass Oma mal Zweite bei den Regionalmeisterschaften im Kugelstoßen war und deswegen manchmal im Garten trainiert. »So halte ich wenigstens meinen Oberkörper in Form, wenn mit den Beinen schon nichts mehr los ist.«

Mama sagte eines Tages zu ihr: »Du bist verrückt. In deinem Alter! Was glaubst du denn, was du damit erreichst?« Aber Oma interessiert nicht, was Mama sagt. Sie stellt den Eimer mit den Kugeln zwischen ihre Beine auf die extra verstärkte Fußstütze des Rollstuhls und fährt in den Garten, wenn ihr danach zumute ist. Dort streckt sie mit einem Ruck den Arm, stößt die Kugel von sich und notiert die Weite jedes Mal in ein Heft. Ist das Ergebnis schlechter als beim letzten Mal, spricht man sie besser die nächste halbe Stunde nicht an.

Als Viktor meinte, wir müssten uns steigern und nun mal eine Tankstelle überfallen, sprangen Robbie und Tiger ab. Und Matze ist für Sachen, bei denen man nachdenken oder schnell reagieren muss, nicht zu gebrauchen. Also blieb nur ich als Viktors rechte Hand.

Es klappte auf Anhieb. 400 Euro. »Siehst du, geht doch ganz einfach. Musst nur tun, was ich sage.« Wir klopften uns auf die Schulter, auch wenn mir Viktors großmäulige Art nicht gefiel. Wir teilten die Beute, zwei Drittel für Viktor, ein Drittel für mich. Das war schon in Ordnung. Aber als er mir eines Tages eine Spielzeugpistole ,für den nächsten Coup' in die Hand drückte, wollte ich mitbestimmen: »Wenn etwas passiert, sitze ich genauso im Dreck wie du. Also halbe, halbe.« »Langsam, Maik! Die Pistole ist nur zur Abschreckung; da kann nichts passieren. Und da nur einer der Chef sein kann, bleibt alles beim Alten. Ist das klar?« Viktors Befehlston ging mir allmählich gewaltig auf den Wecker. Was bildete er sich ein? Ohne mich war Viktor nichts. Und jetzt sollte ich eine Pistole in die Hand nehmen?

Der Überfall ging dann auch prompt daneben; wir mussten ohne Geld davonrennen. Erst ein Artikel in der Zeitung, dann die Polizei in unserem Haus. Gott sei

Dank fanden sie nichts Verdächtiges. Oma drehte fast durch, aber verschaffte mir wenigstens ein Alibi.

Nee, das alles wurde mir jetzt entschieden zu heiß. Ich wollte nicht mehr mitmachen. Nur, wie sollte ich das Viktor beibringen?

Zwei Tage nachdem die Polizei da gewesen war, klingelte es spät abends an der Tür. So herrisch läutete nur einer. Ich beschloss, mich tot zu stellen, denn ich traute mich einfach nicht, Viktor meinen Entschluss mitzuteilen. »Ich bin nicht da«, sagte ich zu Oma, die gerade eine ihrer Kugeln in der Hand wog und etwas murmelte über vier Kilo, die ihr nun bald zu schwer seien. Viktor klingelte Sturm. Ich verzog mich in mein Zimmer, ließ die Tür aber angelehnt. »Was willst du denn schon wieder?«, hörte ich Oma. »Der letzte Polizeibesuch hat mir gereicht. Und außerdem hast du eine Schnapsfahne.« »Euch Alten sollte man das Maul stopfen. Wo ist Maik? Es ist dringend.« »Maik ist nicht da.« »Glaub' ich nicht. Ich seh' mal nach.« »Du siehst nirgendwo nach, Kleiner.« Omas Stimme hatte einen gefährlich hohen Ton angenommen. »Halt die Klappe, Alte«, schrie Viktor erbost. Oma wusste ja nicht, dass ‚Kleiner‘ das schlimmste Schimpfwort für Viktor war. Dann hörte ich ein Quietschen – waren wohl die Räder des Rollstuhls – dann einen dumpfen, harten Aufschlag und dann nichts mehr. Ruhe.

Ein seltsames Gefühl beschlich mich. Ich schob die Zimmertür zu, als hätte ich mit dem Ganzen dann nichts mehr zu tun.

Es dauerte lange, bis ich mich in den Flur traute. Niemand da. Weder Oma noch Viktor. Ich verstand nichts mehr, verstand erst recht nicht, warum die Haustür offen stand und Oma in diesem Moment aus dem Dunkeln ins Licht der Außenlampe fuhr, eine Decke auf den Knien, obwohl die Nacht doch warm war. »Oma, wo ist Viktor?« »Nach Hause gegangen, als er hörte, dass du nicht da bist.« »Nach Hause?« Irgendwie war ich erleichtert. Wahrscheinlich, weil ich Viktor jetzt nichts zu erklären brauchte.

Wir setzten uns wieder vor den Fernseher, der immer noch lief; aber Oma schaute nur in den dunklen Garten, als ob es da etwas zu sehen gäbe. Ich versuchte, mich auf den Film zu konzentrieren. Aber ich weiß nicht einmal mehr, was da gespielt wurde. Ich weiß nur noch, dass ich froh war, als Mama nach Hause kam und nichts weiter sagte als: »Du musst ins Bett; es ist bald Mitternacht, und morgen ist Schule.«

Robbie war der erste, von dem ich hörte, dass Viktor tot war. Man hatte ihn morgens an der Bushaltestelle, nicht weit von unserem Haus entfernt, gefunden, am Kopf getroffen von irgendwas Schwerem. Auch wenn ich Viktor nicht mochte, das hatte ich ihm nicht gewünscht. »Die Polizei macht schon die Runde«, sagte Robbie.

Matze meinte, es könne auch sein, dass Viktor sich nachts mit jemand angelegt habe. Hatte ihm seine Mutter erzählt, nachdem die Polizei bei ihnen gewesen war. Es war nur eine Frage der Zeit, wann sie bei uns auftauchen würden.

»Oma, das mit Viktor … wenn die Polizei kommt …« »Du warst doch die ganze Zeit mit mir zu Hause, Maik. Du erinnerst dich, wir haben ferngesehen. Sie können dir nichts tun.« Oma blieb bei dieser Aussage, als sie gefragt wurde, wo ihr Enkel in der Nacht vom 13. Juli

gewesen sei. »Ihre Tochter hat im Friseursalon schon
bestätigt, dass sie Sie und Ihren Enkel vor dem Fernseher angetroffen hat, als sie nach Hause kam.« Niemand
fragte, ob Oma vielleicht irgendwann das Haus verlassen hätte.

»Wir suchen nach einem schweren Metallgegenstand,
mit dem der Tote getroffen wurde. Nichts Kantiges oder
Spitzes. Dürfen wir uns bei Ihnen einmal umsehen?«
»Wenn es sein muss«, sagte Oma und zog die Decke,
die sie über die Beine gelegt hatte, etwas höher. Ich
starrte auf ihre Füße. Breitbeinig saß sie da, als hielte sie
etwas zwischen den Waden fest. »Wahrscheinlich friert
man leicht, wenn man so unbeweglich im Rollstuhl
sitzt«, sagte der Polizist mit einem mitleidigen Blick auf
die dicke Decke und ging weiter in den Flur.

Rosemarie Pfirschke

Auf ewig mein

Bei gutem Wetter erscheint sie nachmittags um halb
vier am Eingang des Friedhofs. Die kurzen dicken Beine bei jedem Schritt in die Erde stemmend, schiebt sie
den Rollstuhl die leichte Steigung hinauf. Das ist der
einzige Moment, in dem sie schweigt. Ansonsten redet
sie pausenlos auf den Mann im Rollstuhl ein, der ihr mit
freundlichem Gesichtsausdruck zuzuhören scheint. Er
ist ein großer, kräftiger Mann in einem eleganten Jackett
über dem makellosen weißen Hemd. Auf seinem dicken

Kopf thront ein Strohhut, den die Frau ab und zu in die richtige Position rückt. Am Rollstuhl befestigt schaukelt ein Kindersonnenschirm.

Schwatzend geht sie an den Gräbern vorbei und spart nicht mit Kritik über den jeweiligen Zustand. Vor einem Familiengrab bleibt sie ruckartig stehen.

»Da musst du mir doch recht geben«, sagt sie und beugt sich zu dem Mann hinunter. »Kurts Grab ist in einem jämmerlichen Zustand. Ich verstehe nicht, dass Erika seine letzte Ruhestätte so verwahrlosen lässt.«

Der Mann im Rollstuhl schüttelt verärgert den Kopf. Kurts Grab interessiert ihn nicht und schon gar nicht Erika, die Schwester seiner verstorbenen Frau, die er seit einer Ewigkeit nicht mehr gesehen hat.

An einer mächtigen Kastanie hält sie an. Sie schiebt den Rollstuhl dicht an die Bank mit der gleichen Bemerkung wie jeden Tag: »Ach Hasilein, hier im Schatten hast du ein gutes Plätzchen.«

Dann läuft sie zu dem gegenüberliegenden Grab, holt eine Harke hinter dem Grabstein hervor und beginnt, heftig den Boden zu bearbeiten, wobei sie jedes Hälmchen heraus rupft, das nach Unkraut aussieht. Dabei bückt sie sich und der Mann sieht nur noch ihren dicken Hintern und die Beine, an denen der Rock hochgerutscht ist. Ihre Strümpfe enden in den Kniekehlen und kurz darüber blitzt der weiße Spitzenrand ihres Schlüpfers. Ab und zu wehen Wortfetzen ihrer Selbstgespräche zu ihm herüber.

Nachdem sie die Blumen gegossen hat, lässt sie sich mit einem Seufzer der Erleichterung auf der Bank nieder.

»Wie dankbar müssen wir sein, dass sich alles doch noch zum Guten gewendet hat. Auch Trudi ist bestimmt sehr glücklich darüber, dass ich zu dir gezogen bin und nicht nur dich, sondern auch ihr Grab pflege.«

Sie seufzt und schickt einen Blick zum Himmel, wo sie Trudi vermutet. Dann holt sie aus der Leinentasche einen Schnabelbecher und füllt ihn mit Tee aus der Thermoskanne.

»Du musst trinken. Das hat auch der Doktor gesagt, viel trinken.«

Gewaltsam schiebt sie dem Mann den Schnabel des Bechers zwischen die Zähne und kippt den Tee in ihn hinein, wobei sie ununterbrochen auf ihn einredet. Angewidert schluckt er das scheußliche Zeug herunter.

Nach einer kurzen Redepause geht sie wieder ihren Gedanken nach.

»Ach, wenn ich noch an diesen schrecklichen Tag denke. Sicherlich war unser dummer Streit daran schuld. Du böser Junge wolltest mich verlassen, einfach Schluss machen nach so vielen Jahren. Und dabei hätten wir es nach Trudis Tod so schön haben können. Aber nein, mein Schatz lässt sich von einer Jüngeren einwickeln. Mit dieser schrecklichen Person wärst du doch niemals glücklich geworden.«

Während sie innehält, um einen Schluck zu trinken, versucht er, sich zu erinnern. Ja, er wollte sich von ihr trennen. Sechs Jahre lang hatte er ein Verhältnis mit ihr. Auf seiner ständigen Suche nach Abenteuern hatte er sie damals bei einer Tanzveranstaltung in Königswinter kennen gelernt. Sie war genau das, was er suchte zum Ausgleich für seine strenge und ständig über Krankheiten klagende Ehefrau. Ihre Sinnlichkeit und Vorliebe für seine ausgefallenen Liebesspiele, ihre völlige Hingabe und kritiklose Anbetung hatten ihn gefesselt. Und so war er in all den Jahren immer wieder zu ihr gefahren. Doch mit der Zeit ließ sein sexuelles Interesse an ihr nach, und als er sich nach dem Freitod seiner Frau in eine Zweiunddreißigjährige verliebte, wollte er das Verhältnis mit ihr beenden.

Er schließt die Augen und versucht, sich an die Szene in ihrer Wohnung zu erinnern, wie sie schrie, als er ihr sagte, dass es aus sei zwischen ihnen, wie sie sich an ihn klammerte, auf ihn einschlug. Was dann geschah, weiß er nicht mehr.

Sie nimmt ihm den Hut ab und wischt ihm mit einem Taschentuch über Stirn und Glatze. »Wie gut nur, dass du bei mir warst, als das mit dem Schlaganfall passierte. Ich habe sofort den Krankenwagen geholt. Das hat dir das Leben gerettet. Wie habe ich um dich gezittert und gebetet. Nicht einen Moment habe ich dich aus den Augen gelassen und im Krankenhaus ständig an deinem Bett gesessen. Auch in der Reha war ich jeden Tag bei dir. Ohne mich wärst du heute im Pflegeheim, denn deine einzige Nichte hätte sich doch niemals um dich gekümmert. Ich darf gar nicht daran denken. Und ein Kampf und eine Lauferei war das, bis man mir endlich die Betreuung für dich mit allen Vollmachten auch für deine Konten übertragen hat.«

Sie beugt sich zu ihm hinunter, sodass er im Ausschnitt des Kleides ihren üppigen Busen sehen kann.

»Es ist alles in deinem Sinn und zu deinem Wohl geregelt, mein Hasilein.«

Dann nimmt sie seinen Kopf zwischen die Hände und beküsst sein Gesicht.

»Und weglaufen kannst du auch nicht mehr.«

Auf dem Rückweg treffen sie eine Nachbarin, an die er sich nur schwach erinnern kann. Sie bleibt vor seinem Rollstuhl stehen.

»Wie schön, dass Sie wieder hier sind«, flötet sie. »Und wie gut Sie aussehen!«

»Leider kann er nicht antworten«, erklärt die Frau, »weil er seit dem Schlaganfall an Aphasie leidet.«

Die Nachbarin beugt sich zu ihm runter und schaut ihn interessiert an.

»Was hat er?«, fragt sie.

»Aphasie«, wiederholt die Frau, wobei sie den Rollstuhl hin und her schiebt, wie man es mit einem Kinderwagen macht. »Er kann nicht sprechen. Aber wir verstehen uns auch ohne Worte. Sie können sich gar nicht vorstellen, wie lieb er zu mir ist und wie glücklich wir sind.«

Der Mann gerät vor lauter Ärger über dieses alberne Gewäsch ins Schwitzen. Am liebsten würde er davonlaufen. Nachdem sie sich endlich von der Nachbarin verabschiedet hat, schiebt sie ihn durch den Vorgarten, die Rampe hinauf ins Haus und setzt ihn vor den Fernseher. Das, was über die Mattscheibe flimmert, kann er weder richtig sehen noch hören. Einige Minuten später kommt sie mit einer Tasse Kaffee ins Wohnzimmer und lässt sich mit einem tiefen Schnaufer neben ihm in den Sessel plumpsen. Sie hat sich umgezogen und trägt nun einen Seidenkimono, der seiner Frau gehört hatte.

‚Alles hat sie in Besitz genommen, die Kleider, den Schmuck, das Geld, das Haus und vor allem mich‘, denkt er.

Die Geräusche aus dem Fernseher vermischen sich mit ihrer Stimme. Er versteht, dass es sich mal wieder um Trudi handelt, von der sie so gerne redet, obwohl sie seine Frau doch gar nicht kannte. Oder doch?

Er nickt ein, und als er wieder wach wird, redet sie immer noch, redet von Orangensaft, dass sie Trudi helfen musste, ihn zu trinken, dass es aber schnell ging und sie danach so friedlich dagelegen habe.

Sie nimmt seine Hand, die er ihr nicht entziehen kann, und er hört sie sagen:

»Ach, mein Liebster, jetzt gehörst du für immer mir.«

Dirk Breitenbach

Eine Tüte Radieschensamen

Ich fliehe vor dem Gebrüll durch die Wohnung, schlage die Tür von Kathrins Kinderzimmer hinter mir zu und drehe den Schlüssel im Schloss. Mein Herz hämmert, während ich versuche zu lauschen.

Alle Worte kann ich nicht verstehen, sie sind zu laut, zu verzerrt von der Wut, aber ich weiß, dass Mama im Wohnzimmer für uns kämpft.

Wie kann ich ihr nur helfen? Kathrin sitzt in ihrem Bett, die Arme um die Beine geschlungen, den Kopf zwischen den Knien. Ich muss bei ihr bleiben, darf sie nicht allein lassen. Ich werde meine kleine Schwester beschützen, komme, was wolle! Er wird sie nicht schlagen und auch sonst nicht berühren. Nicht dieses Mal.

Ihr Körper zittert, als ich meinen Arm um sie lege. Voller Angst starren wir gegen die geschlossene Tür, während der Streit dahinter weiter tobt.

Ein dumpfer Schlag trifft die Tür.

»Geh mir aus dem Weg!« Papas Gebrüll ist jetzt deutlich, ganz nah. Leiser und unverständlich sind Mamas Erwiderungen. Ihre Stimme klingt flehend, schwach.

Ein heftiger Schlag zerreißt ihre Worte, dann bewegt sich die Klinke.

Rütteln, begleitet von seiner Drohung: »Macht auf, oder ich vergesse mich!«

Einen Fußtritt später fliegt die Tür krachend auf und Papa stürmt ins Zimmer. Sein hochrotes Gesicht ist nur noch eine verzerrte Grimasse. Dahinter Mama – aschfahl, mit roten Malen im Gesicht.

Ich springe auf und baue mich vor Kathrin auf. Keine Angst mehr, nur noch Hass. Meine Hände sind zu Fäusten geballt. Langsam kommt Papa auf mich zu, schüttelt Mama wie einen lästigen Käfer von sich ab.

Dann spüre ich seine Faust an meinem Kopf. Einmal, zweimal und den Ring, diesen dicken goldenen Klunker, den er von Opa geerbt hat.

Ich muss Kathrin schützen, versuche vor ihr zu bleiben und werde doch mit jedem Schlag weiter von ihr weggerissen.

Mama fällt ihm in den Arm, sie kreischt. Papas Augen sprühen vor Zorn, und ein weiterer heftiger Schlag von ihm macht eines von Mamas Augen blind.

»Hör auf! Lass sie in Ruhe!« Ist das meine Stimme?

Erneut holt er mit der Faust aus. Soll er doch – ich werde nicht aufgeben. Dieses Mal nicht.

In meinem Mund schmecke ich Blut. Um mich herum ist alles still. Mein Blickfeld ist unten von Teppichfasern begrenzt.

Zwei Augen. Papas Augen, ebenfalls knapp über dem Teppich. Ganz ohne Zorn, als wäre er herausgelaufen.

Ich versuche meinen Kopf zu drehen, vom Boden anzuheben, weg von diesen Augen.

»Mama!« Kathrins Stimme, ganz leise. »Paul ist wieder wach.«

Natürlich bin ich wach! Wie kommt sie denn darauf?

»Was sagst du da, Schatz?« Mamas Stimme kommt von irgendwo. Sehen kann ich sie nicht.

»Sieh doch, er hat die Augen auf!«

Ich drehe vorsichtig den Kopf und erblicke Mama und Kathrin in der Ecke unter dem Fenster sitzend. Mama schluchzend, die Hände vor das Gesicht geschlagen, während Kathrin, starr vor Entsetzen, zu mir herüber blickt. Mama macht sich von Kathrin frei und hastet zu mir. Ich versuche aufzustehen, will sie trösten. Ihr Auge sieht schrecklich aus.

Mit meiner Linken stütze ich mich in etwas Warmes, Schmieriges.

Was ist das? Papas Kopf liegt darin. Blut! So viel Blut. Es wird immer mehr. Das muss man doch stoppen! Meine Gedanken schwirren.

»Schnell, Mama! Papa blutet. Hol' Pflaster!«

Mama nimmt mich in den Arm und hält meinen Kopf an ihre Brust gedrückt.

»Papa braucht kein Pflaster mehr. Aber du! Komm mit! Kathrin, du hilfst mir.«

Die Zeit schwimmt an mir vorbei. Mama säubert meine Wunden. Kathrin holt Kühlpacks. Wir bekommen

Schokolade. Vor uns flimmert eine DVD über die Mattscheibe.

Schweigen drängt sich zwischen uns, es gibt nichts zu sagen.

Die Tür zu Katrins Zimmer ist nur angelehnt. Der Schließkasten steht wie ein gebrochener Knochen daraus hervor.

Aber man kann nicht ins Zimmer hinein sehen. Nur das ist wichtig.

Bei Tagesanbruch erwachen wir eng aneinander gekuschelt.

»Kathrin, wenn du möchtest, kannst du erst mal in meinem Zimmer schlafen.«

»Ich möchte aber lieber mit dir bei Mama schlafen. Hier ist doch jetzt genug Platz.«

Mama nickt nur. »Ihr braucht heute auch nicht in die Schule. Wir verbringen den Tag gemeinsam. Einverstanden?«

Was für eine Frage.

Beim Frühstück ist es Kathrin, die das Schweigen bricht. Kathrin, nicht einmal zwölf Jahre alt. Sie ist es, die diese eine Frage stellt.

»Was machen wir denn jetzt mit ihm?«

»Zuerst gehen wir einkaufen.« Mama wirkt heute sehr entschlossen, viel zielstrebiger als sonst.

»Und danach sehen wir weiter.«

Kathrin muss ihre Kleider von gestern anbehalten. Keiner traut sich in das Zimmer, um ihr frische Sachen zu holen.

Auf der Fahrt zum Baumarkt dreht Mama das Radio auf. So richtig laut. Ich wusste gar nicht, dass es so laut spielen kann. Es ist schön, Kathrin und ich singen mit. Mamas Hände klopfen auf dem Lenkrad den Takt.

Mir tut mein Kopf weh, aber das Gewicht auf meinen Schultern ist verschwunden. Ich singe immer lauter und Kathrin hält meine Hand ganz fest.

Mamas geschwollenes Auge versucht mir durch den Rückspiegel zuzuzwinkern – alles wird gut!

An der Kasse bezahlen wir Spaten, Bügelsäge, eine Rolle dicker Plastiktüten, eine große Plane, Reinigungsmittel, Tücher und eine Tüte Radieschensamen. Kathrin und ich bekommen noch einfach so eine große Tüte Weingummi. Unsere Einkäufe verstauen wir schweigend in große Tüten, um sie dann leise und heimlich in die Wohnung zu tragen.

Langsam schwingt die Tür in Katrins Zimmer. Wir legen die Tüten ab, nehmen uns an den Händen und blicken auf seinen reglosen Körper. Seine Augen sind noch immer geöffnet und starren uns glanzlos an.

»Brauchst du meine Hilfe?«

»Nein Paul, das muss ich alleine machen!«

»Mama, ich bin schon 15. Ich möchte dir helfen!«

»Lass es mich erst alleine versuchen – bitte!«

Der Pokal, den Katrin bei den Tennismeisterschaften errungen hat, liegt gleich neben seinem Kopf. Achtlos hingeworfen. Am Sockel kleben noch etwas Blut und Haare.

»Sollen wir den sauber machen oder auch wegwerfen?« Meine Hand zeigt auf den Pokal.

»Sauber machen!« Katrins Stimme klingt bestimmt. Schon hat sie ihn mit flinken Fingern an sich genommen und läuft ins Bad.

»Geh zu ihr und bleibt draußen!« Mama schiebt mich aus dem Zimmer und schließt die Türe so weit es geht.

Als ich ins Bad komme, höre ich Wasser rauschen und das Würgen von Kathrin, als sie sich über der Toilette erbricht.

»Paul, du nimmst die leichten Beutel. Und sei bitte leise. Ich habe den Wagen direkt vor der Tür geparkt. Und Vorsicht! Die Außenbeleuchtung ist ausgeschaltet.« Mama ist kreidebleich, zittert.

Ich nehme zögernd zwei schmale längliche Beutel in die eine Hand und einen kleineren kompakten in die andere. Mama trägt die Restlichen. Nur die große Plane bleibt noch liegen. Die müssen wir zusammen nehmen.

Mama zieht die Wohnungstüre zu und wir steigen ins Auto.

»Wohin fahren wir?« Kathrin sitzt zum ersten Mal vorne auf dem Beifahrersitz, möglichst weit weg von ‚ihm‘.

»Zu Oma.«

»Aber die ist doch gar nicht da?«

»Eben!«

Mama fährt sehr konzentriert, die Musik ist wie gewöhnlich leise. Es ist, als würde Papa nicht im Kofferraum liegen, sondern wie eh und je, wachsam und zornig neben uns sitzen.

»Sollen wir die Schuhe ausziehen? Sonst tragen wir die ganze Erde aus dem Garten zu Oma ins Haus.«

»Das kannst du gerne machen. Aber lass das Licht aus!« Mama wischt sich den Schweiß von der Stirn.

»Ich muss jetzt noch den Samen angießen, dann können wir wieder fahren. Hast du den Spaten zurück ins Auto geräumt?«

»Ja, hab' ich und die anderen Werkzeuge sind wieder gesäubert in Omas Schuppen.«

Erschöpft schlafen wir, wieder ganz dicht aneinander gedrängt, in Mamas frisch bezogenem Bett. Heute Nacht würden uns seine Augen hoffentlich nicht verfolgen.

»Muss ich wieder in die Schule?« Kathrin hat noch die Zahnbürste im Mund und ist kaum zu verstehen.

»Nein, erst nächste Woche wieder. Ich habe euch für diese Woche krank gemeldet. Heute machen wir noch sauber. Morgen gehen wir an den Baggersee, wenn ihr mögt.«

»An den See – und wir haben noch nicht einmal Ferien.« Kathrins Stimme, jetzt ohne Zahnbürste, klingt verblüfft. »Danke Mama!«

»Du, Mama«, Kathrin kniet, wie wir alle, mit einer Bürste in der Hand in einem riesigen Schaumteppich, »ich möchte hier nicht mehr schlafen. Auch nicht, wenn der Teppich wieder ganz sauber ist.«

»Musst du auch nicht, mein Schatz. Wir schlafen jetzt erst einmal alle zusammen bei mir im Zimmer. Mit etwas Glück finden wir sicher schnell eine neue Wohnung, und dann ziehen wir einfach um.«

»Aber auf keinen Fall zu Oma!«

Christel Kehl-Kochanek

Jana

Den Erstklässlern schaut Jana am liebsten zu, wenn sie mit ihren kleinen Beinen versuchen, das Klettergerüst zu bezwingen. Eigentlich ist das den Großen vorbehalten. Aber immer wieder entdeckt Jana dort auch einige von den Schulanfängern, die inzwischen allen Verboten zum Trotz schon in beachtlicher Höhe herumturnen.

Janas Finger spreizen sich wie im Krampf, als sie den Langen zur Aufsicht rennen sieht, um die Kleinen wieder einmal zu verpetzen. Dann aber beginnen in ihrem Bauch Seifenblasen zu tanzen, von denen die eine oder andere hochsteigt, um mit einem kullernden Gluckser in ihrem Hals zu platzen. Den Kleinen ist es nämlich gelungen, rechtzeitig zu verschwinden und so Frau Leibigs Polizistenblick zu entkommen. Jana grinst, als sie plötzlich den vertrauten Singsang hört:

> Katharina Heule
> Bist ne alte Eule
> Heulst bei jedem Klacks
> Hast nen dicken Knacks.

Gleich wird Frau Leibig angerannt kommen, um Heulkatharina aus dem Jagdrevier der 4a zu befreien. Für den Rest der Pause wird ihre Hand dann die von Kathi nicht mehr hergeben. In solchen Augenblicken nennt Jana ihre Lehrerin ‚Frau Mitleidig‘ und malt sie in Gedanken wieder mit rotem Kopf und gelben Händen.

Den Eltern zeigt sie diese Bilder nie. Sie sind immer nur voll des Lobes für ihre Lehrerin. Nur Frau Leibig, hört Jana immer und immer wieder, habe sie es zu verdanken, dass sie mit ihrem Rollstuhl in diese Schule gehen und trotz ihrer Behinderung noch so viel lernen darf.

Plötzlich hat Jana wieder das Gefühl im Bauch, zu viel gegessen zu haben, wie an jedem Morgen, wenn das Taxi sie zur Schule bringt. Das Zuviel hält immer an bis zum Stoppschild. Da kommen dann die anderen Kinder, und Jana beginnt, die Hände zu zählen, die ihr zuwinken. Jetzt aber winkt niemand, und Jana findet nichts, das zu zählen sich lohnt. Die Blätter, die in der Herbstsonne blühen, leuchten mit einem Mal nicht mehr. Alles ist matt und grau. Jana kennt das und fürchtet sich vor dem Loch, in das sie fällt, immer tiefer, immer schwerer. Sie wehrt sich, sucht etwas, woran sie sich festhalten kann, aber da ist gar nichts, keine winkende Hand, kein Wort für sie, kein Spiel.

Unerwartet aber kommt dann doch noch Hilfe, und zwar von oben aus der Luft. Eine dunkelrote Pudelmütze fällt Jana in den Schoß. Sofort greift sie danach und lässt sie hinter ihrem Rücken verschwinden. Dann erst hebt sie die Augen, um zu sehen, woher dieses wollige Geschenk plötzlich kam. Wieder sind es die Jungen aus der 4a, die sich jetzt den Kleinen vorgenommen haben, der als einziger im Oktober schon eine Mütze trägt.

Als Jana die suchenden Blicke der Übeltäter wahrnimmt und den warmen Druck der Mütze in ihrem Rücken fühlt, macht sie sich langsam auf den Weg.

Sie steht dem Kleinen sehr nah, als er vor den Dicken tritt und seine Mütze zurückverlangt. Der aber grinst nur herausfordernd. Das Gesicht des Kleinen läuft rot an.

‚Fast so rot wie seine Mütze‘, denkt Jana, und weiß, was jetzt geschehen wird.

Als Frau Leibig dem Kleinen dann die Tränen mit ihrem Taschentuch abwischt, graben sich Janas Zähne in ihre Unterlippe. Den Kopf in den Nacken gelegt, pendelt ihr Oberkörper von einer Seite auf die andere, hin und her in ruhig weichen Bewegungen.

Irgendwann nimmt sie das Geschehen wieder wahr, hört, dass Frau Leibig den Dicken all seinen Beteuerungen zum Trotz zum Rektor schickt. Die Seifenblasen wirbeln in den schillerndsten Farben, während Jana die Tür im Auge behält, durch die der Dicke zurückkommt. »Dein Kopf ist genauso rot wie die Mütze!«, schreit sie und wirft sie ihm wild lachend ins Gesicht.

Für einen Augenblick steht der Dicke wie ein Stein auf Beinen. Dann aber stürzt er sich heulend auf Jana. Purpurrot platzen die Seifenblasen vor ihren Augen, als sie sich seiner gesunden Kraft zur Wehr setzt. Als Frau Leibig herbeieilt, haben sie schon voneinander gelassen. »Ich war’s!«, ruft Jana, »ich, ich hab die Mütze versteckt! Ich! Ich!«

Ungläubig starrt Frau Leibig ihre Schülerin an. Zögernd kommt sie auf sie zu. Jana hebt abwehrend die Hände, stellt ihr noch einmal ihr »Ich, ich hab’s getan!« in den Weg. Als ihre Lehrerin achtlos darüber hinwegschreitet, kauert Jana sich zusammen, fühlt wie ihr Kopf von den gelben Händen gestreichelt wird und gelb, klebrig gelb tropft es auf sie herab: »Du dummes Kind! Du musst doch nicht denken, dass ich dich bestrafe!«

Noch verharrt Jana in ihrer Kauerstellung. Dann aber richtet sie sich auf, schaut Frau Leibig mit weit aufgerissenen Augen an, holt tief Luft und spuckt ihr ins Gesicht.

Als sie sich im Rollstuhl von ihrer Lehrerin abwendet, sieht sie die fassungslosen Gesichter der umstehenden Kinder. Da beginnt Jana zu lachen, lacht zitternd schwere Tränen, Tränen ohne Seifenblasen.

Barko Bartkowski

Heute kommt der Erich

Die Türklingel. Das muss er sein! Heute muss er doch endlich kommen. Und ich hab' nichts vorbereitet ...

Es klingelt schon wieder. Ungeduldig, ja, das war er schon immer.

»Ich komm' ja schon! Eine alte Frau ist doch kein D-Zug ...«

Ich bin ja nun auch schon dreiundachtzig.

Ist er das wirklich? Meine Augen sind nicht mehr so gut. Nein, das ist er nicht; das ist nicht unser Erich!

»Junger Mann, was wollen Sie? – Eine Umfrage? Ja, wenn's nicht zu lange dauert. Ich erwarte nämlich meinen Bruder.«

Er muss ungefähr in Erichs Alter sein, Anfang zwanzig. Der Erich ist doch sechs Jahre jünger als ich.

»Wie? Nein, ich hab' nichts gegen Vorbestrafte.«

Wo doch der Erich auch ... obwohl er ja nichts dazu konnte. Er war bloß immer so nachgiebig, hat sich in alles reinquatschen lassen. Auf falsche Freunde gehört ...

»Ach, jetzt versteh' ich – Sie wollen zum Erich! Sie waren mit ihm zusammen im Knast, nicht wahr? Er ist aber noch nicht da.«

Diese Woche, hat er geschrieben. Vorzeitig, wegen guter Führung. Seinen vierunddreißigsten Geburtstag will er mit mir feiern. – Aber wir haben doch Mai. Der Erich ist doch im Oktober ...? Ich muss mich besser konzentrieren, dann fällt es mir bestimmt wieder ein.

»Kommen Sie doch herein! Sie sind bestimmt der Theo. – Was, Zeitschriften! Sie brauchen sich nicht zu verstellen, ich weiß doch, wer Sie sind!

Der Erich hat mir alles erzählt. Er hält viel von Ihnen! Sie haben sich die Sache damals doch ausgedacht. Tolles Ding. Aber das konnte ja nicht gut gehen. Sie wissen doch, junger Mann: Unrecht gut gedeihet nicht! Das hab' ich dem Erich auch immer gesagt!«

Er wollte ja nie auf mich hören. Hat sich immer mit den falschen Leuten abgegeben. Schieber und Schwarzhändler. Solche wie du! Ich habe ihn noch gewarnt ...

»Ich habe gerade Tee gemacht. Er steht noch in der Küche. Setzen Sie sich doch!

Sie sind schon früher rausgekommen, nicht wahr? Dem Erich haben sie ja fünfzehn Jahre aufgebrummt, wegen der Sache mit diesem Polizisten ...«

Das hätte er nicht tun dürfen. Er war immer ein guter Junge. Aber er war verzweifelt. Wenn man in die Enge getrieben wird ...

»Er hätte hier bleiben sollen. Bei mir auf dem Dachboden, da war er sicher. Es wusste doch keiner, dass er eine Schwester hat. Aber dann hat er es nicht mehr ausgehalten und ist doch getürmt.

So, hier ist der Tee. Was suchen Sie denn da im Schrank? Den Zucker habe ich hier auf dem Tablett. Helfen Sie mir mal.

Hier, die ist für Sie. Da habe ich einen ordentlichen Schuss Rum rein getan. Ich weiß doch, dass ihr jungen Leute es nicht so mit dem Tee habt.

Wo war ich? Ach ja, der Dachboden. Da liegen noch die alten Sachen vom Erich. Auch dieser Koffer, den ich nie anrühren durfte. Jetzt wird er ihn ja bald holen kommen.

Was, wirklich? – Ja, natürlich, wenn der Erich Sie drum gebeten hat ... aber erst trinken Sie Ihren Tee aus!«

Ich hab' doch gleich gewusst, warum du gekommen bist! Der Erich hat nie verraten, wo das Geld versteckt ist. Auch dir nicht.

»Da, die Stiege hoch. Nein, lassen Sie mich vorgehen, ich muss oben aufschließen. So, jetzt können Sie nachkommen.

Meine Güte, haben Sie es eilig! Sie sind ja völlig außer Atem. Und ganz rot im Gesicht! Hier, setzen Sie sich auf die Kiste.

Heiß ist Ihnen? Ja, das steht in der Packungsbeilage. Wenn man zuviel von den Tropfen nimmt, spielt der Kreislauf verrückt.

Und ich hab dir einen ordentlichen Schuss rein getan, Du Lumpenhund!

Du hast den Erich auf dem Gewissen! Drei Tage vor seiner Entlassung! Abgestochen wie ein Schwein ... ich weiß genau, dass du das warst, du Hund!

Ja, schnapp nur nach Luft, das hilft dir jetzt auch nicht
mehr! Das geschieht dir recht! So, da bleibst du jetzt
liegen!«

*Rührt er sich noch? Nein. Ich werde ihn in die Kiste
legen. Morgen. Jetzt muss ich wieder runter. Hier oben
hör ich das Klingeln nicht.*

Und der Erich kommt doch heute.

Rüdiger Kaun

Hänsel und Gretel

Immer wenn Mama und Papa mal ein Wochenende für
sich haben mussten, schickten sie die Kinder zur Oma.

Die Kinder waren elf Jahre alt, ein Zwillingspärchen,
flachsblond und gescheit.

Die Oma wohnte in einem Häuschen am Rande der
Stadt. Das Häuschen stand in einem verwilderten Garten. Die Zimmer waren klein, verwinkelt und vollge-
stellt mit Schränken, Kommoden und Truhen. Auch
wenn die Kinder bei jedem ihrer Besuche die Möbel
nach etwas Brauchbarem durchsuchten, fanden sie
schon lange nichts mehr. Nur die Geldkassette der Oma
stellte noch einen gewissen Reiz dar. Aber die hatten sie
bis jetzt nicht gefunden.

Der Fernseher der Oma war alt. Alles, was auf dem
Bildschirm erschien, versank in einem Schneegestöber.
Der Wunsch, ein neues Gerät anzuschaffen, wurde nicht
erfüllt. Die Oma fand Fernsehen unwichtig. Es gab Bü-
cher. Dicke Bücher in einer schwer lesbaren Schrift.
Wenn man die Bücher aufschlug, staubte es. Die Ge-

schichten in diesen Büchern waren ebenso langweilig wie die Geschichten, die die Oma erzählte. Schlimmer war, dass sie jede Viertelstunde danach fragte, ob sie keine Hausaufgaben zu machen hätten, obwohl sie jedes Mal übereinstimmend beteuerten, keine aufzuhaben.

Bei Tisch belehrte die Oma, wie man zu sitzen, wie man Messer und Gabel zu halten habe, welche Wörter man nicht in den Mund nehmen sollte und so weiter. Am schlimmsten aber war, dass die Oma sie lieb hatte. Um das zu zeigen, kam sie einem mit ihrem großen, zerknitterten Gesicht so nahe, dass man ihren Atem riechen musste. »Schätzchen«, flötete sie. »Ich hab' dich zum Fressen gern.« Und dabei versuchte sie die Kinder mit ihren nassen, schlaffen Lippen zu küssen.

Die Wochenenden bei der Oma waren nicht lustig. Aber die Kinder versuchten das Beste daraus zu machen. Es war schon oft hoch hergegangen, und die Oma hatte sich auch schon bei Papa und Mama beschwert. An diesem Wochenende jedoch langweilten sie sich ganz besonders. Draußen regnete es. Der Fernseher machte den Eindruck, als gäbe er jeden Augenblick seinen Geist auf.

Die Oma schlug vor, Kniffel zu spielen.

»Was bekommt der, der gewinnt?«, wollte der Junge wissen.

»Geld!«, rief das Mädchen.

»Geld?« – Die Oma war dagegen. Sie erklärte lang und breit, dass das Spiel an sich Freude bereite.

Die Kinder drehten heimlich die Würfel um, ließen sie absichtlich auf den Boden fallen und verrechneten sich bei jeder Gelegenheit. Sie schummelten so offensichtlich, dass es die Oma bemerken musste und das Spiel abbrach.

Dann rannten sie durchs Haus, scheuchten Omas schwarze Katze durch alle Räume. Als sich das Tier unter dem Sofa verkroch, holten sie einen Besen und stocherten so lange, bis es schreiend hervorsprang. Schimpfend humpelte die Oma hinterher.

Es war das Mädchen, das auf die Idee kam, Lori, den Kanarienvogel, ins Freie zu lassen. Anfangs zeigte das Tier wenig Lust, seinen Käfig zu verlassen. Erst als der Junge den Vogelbauer heftig schüttelte, flog der Vogel auf die Gardinenstange.

Die Oma verkündete, Mama und Papa anzurufen.

»Tu's doch!«, rief das Mädchen.

»Petze!«, schrie der Junge.

Mama und Papa hatten ihr Handy ausgeschaltet.

Mehrere Versuche, den Kanari einzufangen, scheiterten. Schließlich riss der Junge den Vorhang samt Stange herunter. Das Tier flatterte auf den Kleiderschrank, wobei es mehrere weißliche Flecken auf dem Teppich hinterließ.

Auch der Versuch, die Katze bei der Jagd einzusetzen, misslang. Vergeblich bemühte sich das Mädchen, die Katze auf den Schrank zu werfen.

Währenddessen hatte sich die Oma im Nebenzimmer auf dem Sofa ausgestreckt. Sie hatte rote Flecken im Gesicht und bekam schlecht Luft.

Später spielten sie Mau-Mau. Die Kinder ließen einander in die Karten sehen. Die Oma verlor jedes Spiel.

»Es wäre lustiger, wenn wir um Geld spielen würden«, sagte das Mädchen.

Der Junge erklärte die Regeln.

»Wo ist das Geld?«, rief das Mädchen und sprang auf. »Ich hole es!«

»Bitte, nur einmal!«, bettelte der Junge. »Andere Omas sind viel netter als du.«

»Jeder bekommt zwanzig Euro«, schlug das Mädchen vor.

Die Oma willigte unter der Bedingung ein, dass sie das Geld selbst hole.

Als sie ohne Geld zurückkam, wurden die Kinder misstrauisch.

»Es ist im Vertiko. Ich habe den Schlüssel verlegt.«

»So eine gemeine Lüge«, zischte das Mädchen.

Der Junge baute sich vor der Oma auf: »Wo ist der Werkzeugkasten?«

»Ihr wollt doch nicht im Ernst die Schublade aufbrechen?!«, jammerte die Oma.

Während der Junge verschwand, um den Werkzeugkasten zu suchen, saßen sich das Mädchen und die Oma einander gegenüber.

Das Mädchen presste die Lippen aufeinander.

»Wenn ihr das macht…«

»Sagst du es Papa und Mama«, äffte das Mädchen die Oma nach.

In der Zwischenzeit hatte sich der Junge mit dem Hammer in der Hand ins Zimmer geschlichen. Er stand hinter dem Stuhl der Oma und schnitt Grimassen.

Das Mädchen lachte.

Er hielt den Hammer über Omas Kopf.

»Feigling!«, flüsterte das Mädchen, das plötzlich ernst geworden war.

Mittlerweile hatte die Oma bemerkt, dass etwas hinter ihrem Rücken nicht stimmte. Mühsam wendete sie sich um.

»Ach, Kinder«, sagte sie, »was habt ihr denn jetzt wieder vor?«

»Feigling!«, wiederholte das Mädchen. Es saß wie angewurzelt auf seinem Stuhl.

Auch der Junge war ernst geworden. Es hatte den Anschein, als überlegte er etwas, während er den Hammer langsam über dem Scheitel der Oma kreisen ließ. Dann schlug er zu.

In der Trauerhalle des Krematoriums saßen die Kinder zwischen Mama und Papa in der ersten Reihe und hielten sich an der Hand.

Ein paar Reihen hinter ihnen tuschelten zwei ältere Damen, Nachbarinnen der Familie, miteinander, während alle auf den Organisten warteten.

»Die armen Kinder!«, sagte die eine.

»Es ist nicht zu fassen«, sagte die andere.

»Die Kinder spielen im Garten, und da dringt so ein Kerl ein und schlägt ihre Oma tot. Sie haben noch gesehen, wie er davonrannte.«

»Was hat er denn mitgenommen?«

»Geld. Was sonst? Eine Schublade war aufgebrochen.«

»Die Kinder sollen noch ganz verstört sein.«

»Es gibt Menschen!!!«

Die Damen schüttelten den Kopf.

Dann setzte die Orgel ein.

Elisabeth Heydel

Commander Spitzfuß

Als Commander des Raumschiffes Calypso 1 stand Spitzfuß vor der größten Herausforderung seines zwölfjährigen Lebens. Er musste seine Fracht, 146 menschliche Flüchtlinge eines verheerenden, interstellaren Krieges, in einen unbekannten, sicheren Sektor der Galaxie befördern. Nur wenn ihm das gelingen würde, wäre die Zukunft der menschlichen Rasse gesichert. Von der Kommandobrücke erteilte Spitzfuß seine Befehle.

Nachdem Spitzfuß den Navigationsraum des Merkurs erforscht hatte, erschien auf dem Bildschirm des PCs die Aufforderung, CD 2 einzulegen.

Spitzfuß hinkte zum Regal, um sie zu holen. Sein rechter Fuß war von Geburt an verkrüppelt.

Er schob die CD in den Schlitz und machte einen Doppelklick mit der Maus. Da ertönte der Türgong. Seine Mutter öffnete.

Er hörte ihre Stimme: »Hallo Uli! Fußball? Prima, da wird er sich aber freuen! Ich rufe ihn mal. Anno! Anno!« Sich mit der rechten Hand auf das Geländer stützend, sprang er so schnell er konnte die Treppe hinunter. Verlegen zog er den Bund seines Rollis bis über die Hosentaschen. "Klar komme ich mit!«

Mit den Rädern ging es los. Der Schnappverschluss der rechten Pedale hielt seinen Spitzfuß so sicher fest, dass er genauso durchtreten konnte wie Uli. Am Sportplatz warteten schon die anderen. Sie grinsten, als sie Anno sahen. In ihren Gesichtern las er: »Was will denn der hier?«

"Spitzfuß muss ins Tor, schon wegen dem Fuß.«, bestimmte Uli.

Anno wurde rot, blieb stumm, schluckte, obwohl nichts zu schlucken war, sein Magen verkrampfte sich. Nach langem Hin und Her kamen zwei Mannschaften zustande. Und Anno stand im Kasten.

Bevor angepfiffen wurde, band Uli das Maskottchen seiner Mannschaft an den Außenpfosten des Tores – einen dickbäuchigen, lila Teddybär, auf der letzten Kirmes gewonnen. Die verkratzten Glasaugen schielten auf Annos Spitzfuß.

Scheinbar lässig stand Anno zwischen den Pfosten, die Hände in die Hüften gestemmt, den Oberkörper leicht nach vorne gebeugt, auf dem Kopf eine geliehene Schirmmütze. Nach dem Spiel schimpften alle über das Foulspiel des rechten Verteidigers, und Anno schimpfte mit. Uli klopfte ihm anerkennend auf die Schulter: »Den Freistoß von Kevin hast Du prima gehalten!«

Als er nach Hause kam, bewegte sich schon der Schatten der Mutter hinter den Küchengardinen. Sie überfiel ihn: »Na, wie war's? Hast Du mitgemacht? Hat es geklappt?« Er reagierte gelassen und zeigte stolz die roten Schwielen im Handinnern. »Morgen nehme ich Torwarthandschuhe mit.«

Noch an diesem Abend stieg er auf den Dachboden und holte aus dem karierten Koffer, in dem die Stofftiere ausgemustert waren, seinen dunkelbraunen Teddybär heraus, einen mit glattem, seidigem Fell, einen mit blanken Knopfaugen.

In den folgenden Tagen hatte sein brauner Teddy einen Stammplatz am linken Torpfosten. Offensichtlich brachte er ihm Glück, denn seine Faustabwehr beim Elfer hatte alle beeindruckt.

Am Wochenende regnete es. Der Sportplatz stand unter Wasser. Anno nutzte den spielfreien Nachmittag, um gezielt in der Garage zu trainieren.

Er schulte sich im Fangen und in der Faustabwehr, indem er den Ball von der Wand abprallen ließ. Die Wand schwitzte weißen Staub. Nach zwei Stunden war er erschöpft. Arm- und Nackenmuskeln waren verkrampft, die Finger, obwohl geschützt durch das Leder der Handschuhe, schmerzten. Er gönnte sich eine Pause. Den Ball unter den Arm geklemmt, hinkte er durch die Terrassentür ins Haus. Da vernahm er von der Eingangstür Stimmen; es war Uli im Gespräch mit seiner Mutter.

Anno wunderte sich: »Hatte er das Training doch verpasst? Wollte Uli ihn etwa abholen?« Er blieb stehen und überlegte, ob er sich melden sollte. Da hörte er: »Hat gut geklappt. Er hat nix gemerkt.«

Dann die gedämpfte Stimme seiner Mutter: »Wie viele Nachmittage waren es?«

»Fünf, heute ging es ja nicht, wegen dem Regen!«

»Ist schon in Ordnung, hier sind 25 Euro!«

»Schönen Dank! Wo ist Anno jetzt?«

»Der ist in der Garage!«

»Ach so! Tschüss!«

Anno stand wie gelähmt. Er spürte, wie sich die Worte langsam in ihn hineinfraßen. Er presste die Fußballhandschuhe auf den Mund, um nicht aufzuschreien. Geräuschlos hinkte er in sein Zimmer, schwerfällig streifte er die verschwitzten Handschuhe ab, griff nach der Papierschere neben dem Computer, prüfte mit der Fingerkuppe des Mittelfingers das scharfe Metall, ergriff seinen Teddy und stach zu: wieder und wieder in das seidige Fell. Für einen kurzen Augenblick hielt er inne, dann holte er aus und versenkte die langen Spitzen zwischen den Glasaugen. Sekunden starrte er auf sein Werk, packte das entstellte Maskottchen, warf es zu Boden und schoss es mit dem Spitzfuß unter das Bett.

Er setzte sich an seinen Schreibtisch und startete den Rechner. Als Commander des Raumschiffes Calypso 1 stand er vor einer großen Herausforderung.

Claudine Landgraf

Die Eingeschlossene

Im Laufe der letzten zwanzig Jahre hatte sie sich daran gewöhnt, auf dieser Welt so wenig Platz wie möglich in Anspruch zu nehmen. Ellenbogen an den Körper gepresst, die Unterarme und Hände bereit zur Arbeit, hatte sie gelernt zu waschen, zu putzen, zu bügeln, in der sogenannten Freizeit zu beten, zu lesen und zu schreiben. Die Füße trugen sie und der Kopf, ja, der Kopf schwebte. Nachts, in der unbewussten Lust der Glieder, wurde sie immer wieder durch die Seitenplanken des Bettes daran erinnert, dass sie die gerade Linie verlassen hatte. Nach dem Wachwerden musste sie immer über das hölzerne Hindernis hinweg steigen, um danach, gerade stehend, ihr Tagesprogramm zu durchlaufen. Das Knarren des Parketts war in der Morgenstunde das einzige Lebenszeichen. Das Haus und seine Eigentümer schliefen noch. Nur für die Dienerschaft war der Tag angebrochen.

Sie lief zur Küche. Eierschaum für die Baronin, gedünstete Nieren für den Baron, Bauernomelette für Jean, den jungen Baron, waren im Stadium der Vorbereitung.

»Kaffee, Tee, Saft, alles ist angerichtet«, sagte die Köchin.

»Ja, ja, ich sehe schon«, erwiderte sie und ging zum Kochherd. Dort blubberte eine wässrige, braune Brühe. Einen Schöpflöffel davon goss sie in einen Steinzeugsteller und ließ sich am langen Tisch nieder. Ein Stück Brot mit Mett kaute sie bedächtig, stand auf und brachte das Geschirr in die Spüle. Dann suchte sie die ‚Buanderie‘ auf. So nannte die Frau Baronin das Bügelzimmer.

Ein hohes Fenster ergoss sein Licht auf die Bügelbretter. Dahinter tanzten die Zweige einer Linde im Frühlingswind. Kurz vorher hatte die elfjährige Marie das Feuer geschürt, die Luft war angenehm warm.

Sie nahm ihren Platz ein und wählte ein Bügeleisen aus; die ganz schweren waren für die glatte, weiße Fläche der Betttücher, die kleineren für die Spitzen an den Volants. Sie liebte diese Arbeit, den feurigen Geruch, das Gefühl, allein entscheiden zu dürfen, mit welchem Stück Wäsche sie anfangen würde. Vor der Schönheit der Stickerei und vor der Glätte des Leinens versuchte sie immer die Einfälle wegzuscheuchen, die ihr Hirn produzierte. Ordnung im Chaos der Gedanken wollte sie halten. Tisch- und Betttücher, Unterröcke und so weiter erzählten fremde Geschichten von Familienzwisten, Sünden ... besser war es, dann nicht zuzuhören, wenn die Wäscherinnen unter sich ratschten und tratschten.

Sonntag früh, die Glocken hatten sie geweckt, schwarzes Ausgehkostüm mit engem Rock, feste Stiefel auf dem Weg zur Kirche. Ein Blick in den Spiegel, ihr Gesicht, weder schön noch hässlich, warf ihr eine Warnung zu: »Ich verbiete dir zu leiden.«

Am Ende des Weges nahm die Kirche sie auf.

Holz unter den Knien, Holz im Kreuz, jede Bewegung des Betens traf auf Holz. Den Blick nach vorn, eine kurze Unterhaltung mit Gott, dann nach dem Verlassen der Bank wieder die Augen nach unten gerichtet, draußen grüßten manche: »Schöner Tag heute«, nur mit einem Nicken antworten. Die jungen Männer kicherten. Mit einem wissenden Blick verfolgte sie der junge Baron.

»Die Taubstumme geht zu ihrem Galan!«, sagten sie.

Und dann der Weg über die Wiesen. Noch den Blicken ausgeliefert, lief sie immer schneller. Da wurde sie zu einem Schatten unter den Schatten. Die kiesige Erde wölbte sich unerwartet unter den harten Sohlen, die Pfade wurden schmaler und verloren sich in Gräsern. Trockene Zweige knarrten hinter ihr. Sie wurde aber nicht irre, sie wusste, dass er auf sie wartete. Immer an derselben Stelle würde er auf sie warten. In dieser einen bestimmten Lichtung kam sie außer Atem an, ließ ihre Tasche ins Gras fallen und zog die schweren Stiefel aus. Langsam, noch langsamer als bei der Kommunion, ging sie zu ihm, lehnte sich mit ihrem ganzen Rücken gegen ihn und atmete tief. Seine Ruhe floss ihre Nerven entlang; sie hielt den Blick nach oben, ihre Arme wurden zu Schlangen. Ihre Hände tasteten die Sanftheit der Luft ab. Ihre Füße scharrten im Boden und gruben sich in den Humus.

Ach, der Bewegung sich entziehen zu dürfen!

Sie beneidete ihn heftig. Ohne Rücksicht auf den steifen Stoff ihres Ausgehkostüms ließ sie sich an ihm entlang fallen. Im Gras liegend konnte sie seine Größe mit den Augen erfassen und bewundernd die Arme hinter ihrem Kopf ausstrecken. Von seiner Größe geschützt, an- und wahrgenommen, ohne Wenn und Aber, jedes Mal spürte sie, dass sie dazu gehörte. Glück! Über ihr, von einem Punkt ganz tief unter der Erde ausgehend, in unsymmetrischer Grazie, erhob er sich, der Baum.

Sie ließ ihren Blick lang zwischen Zweigen und Blättern schweben.

Da erschütterten jäh schwere Schritte den Boden, grob und aufgeregt war die Stimme:

»Na, hast du auf mich gewartet?«

Eine schwere Hand auf ihrem Mund. Ein Zerreißen von Stoff und Fleisch, dann nichts mehr ...

Dirk Breitenbach

Der Schrei

»Ich brauche sofort ein Einsatzmittel für die Hauptstraße! Verkehrsunfall mit eingeklemmter Person. Wer steht günstig?«, plärrt die Stimme der Leitstelle aus dem Lautsprecher.

Automatisch bewegt sich meine Hand zum Funkgerät, und ich höre mich antworten: »Wir übernehmen das. Sind die Rettungsdienste benachrichtigt? Ich brauche Unterstützung bei den Sperrmaßnahmen.«

»Rettungswagen, Notarzt und Feuerwehr sind auf dem Weg. Um die Verstärkung kümmern wir uns von hier!«, kommt als Antwort.

Wortlos wendet Jens den Streifenwagen. Flackerndes Blaulicht begleitet unsere rasende Fahrt durch die laue Nacht.

Auch mir ist nicht nach Reden zumute, und so versuche ich mich abzulenken. Nur nicht auf die Bilder schauen, die mir meine Erfahrung so vehement aufdrängt.

Die Unfallstelle ist nicht zu übersehen. Mitten auf der Hauptstraße hat sich ein Pkw mit der Front um einen meterbreiten Laternenpfahl aus Beton gewrungen. Das Fahrzeug endet an der geborstenen Frontscheibe, nur die Kotflügel stechen wie zerknitterte Lanzen rechts und links des Pollers in die Luft.

Dort wo einst der Motorraum war, steigt Rauch auf. Erste Flammen züngeln aus dem rechten Radkasten.

Über der Szenerie liegt ein Schrei. Trotz des überlauten Funks ist er noch im Fahrzeug zu hören – ein Schrei, der sich durch die geschlossenen Scheiben in meinen Körper bohrt, jede Faser vibrieren lässt.

Mit unserem Einsatzwagen sichert Jens die Unfallstelle. Wir springen aus dem Auto und sind dem Schrei nun schutzlos ausgeliefert.

Während ich den Feuerlöscher aus dem Kofferraum reiße, erkenne ich aus den Augenwinkeln das lautlos nahende Blaulicht der Rettungskräfte. Endlich!

Jens steht auf der Fahrerseite des Unglückswagens. Ich kann sehen, dass er seine Lippen bewegt. Hören kann ich ihn nicht.

Nicht einmal das Fauchen des Feuerlöschers in meiner Hand dringt bis an mein Ohr; es versiegt im Grauen meiner Ohren.

Die Zeit verliert an Tempo, alles in mir drängt zur Flucht – nur weg, weg von diesem alles beherrschenden Schrei!

Feuerwehrleute quälen sich mit verzerrten Gesichtern durch den Vorhang aus Schmerz zur Unfallstelle, kämpfen gegen die Flammennester.

Rettungssanitäter brüllen mit vor Schrecken geweiteten Augen gegen den Schrei an. Der Notarzt gibt, mehr durch Zeichen als durch Worte, seine Anweisungen.

Durch die Seitenscheibe des Unfallwagens sehe ich den Fahrer, das Gesicht grau vor Qual, der Mund ein gähnendes Loch.

Mein Blick senkt sich. Dort wo sich einmal Beine und Becken befanden, liegt nun der Motorblock.

Eingeweide quellen, begleitet von erstaunlich wenig Blut, aus seinem Torso auf die Lichtmaschine.

Grausend wende ich mich ab und blicke in die Gesichter der Helfer. Sehe in Augen, aus denen mir mein eigenes Entsetzen und Hilflosigkeit entgegen starren.

Tatenlos bin ich zum Hören verdammt.

Feuerwehrmänner trennen das Dach des Wagens ab. Arzt und Sanitäter kämpfen um den Schwerstverletzten. Aus durchsichtigen Beuteln an Infusionsständern tropfen Flüssigkeiten in den Venenkatheter. Die HWS-Schiene wird mit fahrigen Händen angelegt.

Wie unter schwerem Seegang taumeln die Helfer, trotzen dem Schrei.

Das Zischen der Hydraulik geht unter, als sie den Motor nach vorne ruckt.

Eine neue Woge schallenden Schmerzes brandet zwischen die Häuserreihen, wabert von den Lichtmasten der Feuerwehr beschienen über die Unfallstelle, flutet unsere Gehirne. Mein ganzer Körper nimmt sie wahr, zuckt unter ihr zusammen.

Strauchelnd ruft der Arzt seinem Assistenten etwas zu, der nur zweifelnd zurückschaut, zögernd verharrt. Mit einer energischen Geste unterstreicht der Arzt seine Anordnung, und der Sani läuft zum Notarztwagen.

Die Spritze ist bereits aufgezogen, als er sie dem Notarzt reicht. Nur zögernd gibt er sie aus der Hand.

Die Nadel senkt sich in den Schlauch und der Kolben drückt den Inhalt in die Infusionsleitung.

Langsam verebbt der Schrei, fällt in sich zusammen, verzehrt jede Energie. Selbst die Flammen verzehren sich.

Ich schaue zum Notarzt. Unsere Blicke treffen sich. Wortlos schüttelt er seinen Kopf und wendet sich ab.

Rosemarie Pfirschke

Vergissmeinnicht

Die üblichen Morgengeräusche auf den Gängen – Husten, Stöhnen, Schlurfen, Pochen der Stöcke, Summen der Reifen. Ein letzter Blick in den Spiegel, eine glättende Bewegung mit der Hand über das schüttere Haar, ein Spritzer Eau de Cologne. Der alte Herr ist zufrieden mit seinem Gegenüber in weißem Hemd und dunkelblauem Jackett, prüft noch einmal den Verschluss der goldenen Armbanduhr und zieht den Siegelring mit dem eingravierten Wappen über den kleinen Finger seiner linken Hand.

Den Rollator vor sich herschiebend, verlässt er sein winziges, spärlich möbliertes Zimmer und fährt mit dem Aufzug nach unten. Der Einzug in den Speisesaal ist sein täglicher Triumph. Mit geradem Rücken und eingezogenem Bauch, freundlich rechts und links grüßend, genießt er die Blicke der vielen weiblichen Mitbewohnerinnen, die um seine Gunst wetteifern. Unter den wenigen Männern der Seniorenresidenz, von denen die meisten in Jogginganzügen in ihren Sesseln dahindösen, ist er der Star, immer noch gut aussehend, gepflegt, ein charmanter Plauderer, dem man gerne zuhört, wenn er aus seiner Vergangenheit erzählt: von den Gütern seiner Familie in Schlesien, die nun unter den Händen der Polen vergammeln, nach dem Abitur Ingenieurstudium, Aufbau eines großen Bauunternehmens, Villa, Mercedes, eigenes Boot, dann Konkurs wegen Veruntreuung von Geldern durch seinen Teilhaber, Frau und Sohn Opfer eines Verkehrsunfalls. Alles verloren! Welch ein Schicksal! Ein trauriger Blick in die Runde, kurz nur, dann den Kopf heben, den Rücken straffen, signalisieren, dass man trotz allem Haltung bewahrt. Das beeindruckt die Schar seiner Verehrerinnen. Den jungen Pflegerinnen präsentiert er sich als humorvoller alter Herr, der gerne mit ihnen scherzt, nicht mit Komplimenten spart und sich freut, wenn ihnen die Röte ins Gesicht steigt. Für die männlichen Pflegekräfte ist er der Kumpel, der ehemalige Draufgänger, stets mit einem Rat zur Stelle, wie man die Herzen der Frauen erobern kann.

Für Gesine Bromelius, eine wohlhabende, kinderlose Witwe, die an beginnender Altersdemenz leidet, spielt er eine besondere Rolle aus seinem reichhaltigen Repertoire. Ihr präsentiert er sich als Feingeist und Liebhaber schöner Künste, spart nicht mit Hinweisen auf frühere Beziehungen zur Prominenz aus Wirtschaft und Politik. Diese Rolle hat ihm den Eintritt verschafft in ihre große, elegant eingerichtete Suite mit Balkon und Blick in den Park, in der er nun die meisten Stunden des Tages in trauter Zweisamkeit mit ihr verbringt.

Vor dem runden Tisch am Fenster hält er an, um Gesine Bromelius zu begrüßen, selbstverständlich mit einem Handkuss, wie es sich für einen Kavalier alter Schule gehört, wobei sich ihre drei Tischgenossinnen mit einem gnädigen Nicken zufrieden geben müssen. Mit strahlendem Lächeln aus faltigem Gesicht streckt sie ihm ihre mit Brillanten geschmückte Hand entgegen, über die er sich mit einem »Guten Morgen, meine liebste Gesine« beugt, immer bemüht, dabei nicht die Balance zu verlieren. Ja, sie habe gut geruht, sagt sie mit kindlich hoher Stimme, aber leider könne sie ihn heute Morgen nicht in den Park begleiten, da sie nach der Massage noch einen Termin bei der Kosmetikerin habe.

Während er genüsslich ein Brötchen isst und reichlich Kaffee trinkt ohne Rücksicht auf sein geschwächtes Herz und den Bluthochdruck, durchbohren ihn die Blicke der Neuen, die seit drei Wochen mit griesgrämigem Gesicht am Nachbartisch sitzt und ihn ständig beobachtet. Wenn er ihr auf den Fluren begegnet, rammt sie jedes Mal ihren Stock in den Boden, bleibt vor ihm stehen und sieht ihn an, als wolle sie ihm unbedingt etwas sagen. Er mag diese kleine, dürre Alte nicht, von der

Gesine behauptet, sie wäre bestimmt Sozialhilfeempfängerin, das könne man doch an ihrer ärmlichen Kleidung sehen. Eigentlich gehöre sie nicht in ein solches Haus, aber leider würde man heutzutage auch hier jeden aufnehmen.

Nach dem Frühstück und einem Blick in die Tageszeitung begibt er sich in den Park. Langsam, die Griffe des Rollators fest umklammernd, bewegt er seine Füße über die Wege bis zu der Bank am Teich, auf der er in Ruhe den Vormittag genießen will. Doch nach kurzer Zeit entdeckt er an der Wegbiegung eine kleine, über den Stock gebeugte Gestalt. Als sie näher kommt, sieht er, dass es die Neue vom Nachbartisch ist. Sie wird doch wohl nicht stehen bleiben, ihn nicht in ein Gespräch verwickeln wollen. Er lehnt sich zurück und schließt die Augen, damit sie glaubt, er schlafe, bis er spürt, dass sie sich neben ihn setzt. Aus den Augenwinkeln beobachtet er, wie sie ihren Hintern in Richtung Lehne schiebt, die Beine von sich streckt und in ihrer großen Tasche kramt.

»Dieser Platz ist reserviert. Bitte, suchen Sie sich eine andere Bank!«, fordert er sie in harschem Ton auf.

»Nein«, schnauft sie, »dieser Platz an deiner Seite gehört mir, Karl-August Wuttke.«

»Sie spinnen wohl«, sagt er. »Und nun gehen Sie endlich!«

Doch sie reagiert nicht auf seine Aufforderung, sondern rückt noch näher an ihn heran und hält ihm eine Karte unter die Nase mit einem vergilbten Foto, das eine kleine, schmächtige Frau Arm in Arm mit einem großen, gut aussehenden Mann zeigt. ,Als Verlobte grüßen

Emmy Meierling und Dr. Benno von Stetten' steht darunter.

»Diese Personen kenne ich nicht!« Wütend wirft er ihr die Karte auf den Schoß und dreht ihr demonstrativ den Rücken zu.

»Hör mir gut zu, damit du dich erinnerst«, dringt ihre Stimme an sein Ohr. »Dieser Mann auf dem Foto hatte sich damals als Dr. Benno von Stetten, Oberarzt an der Berliner Charité, auf meine Anzeige mit dem Erkennungswort ,Vergissmeinnicht' gemeldet. Schon nach kurzer Zeit hat er sich mit mir verlobt und wollte ein Haus für uns kaufen. Dafür habe ich ihm mein ganzes Geld gegeben und auch noch einen Kredit aufgenommen. Dann ist er verschwunden, untergetaucht, hat mich einfach sitzen gelassen mit einem Buckel voll Schulden. Doch welch ein Wunder, ausgerechnet hier, in der Seniorenresidenz am Park, habe ich ihn nach achtundvierzig Jahren wiedergefunden.«

Sie greift nach seiner Hand, die er sofort zurückzieht.

»Lassen Sie das! Ich habe nichts mit Ihrer Geschichte zu tun.«

»Oh, doch! Als ich dich sah, wusste ich sofort, dieser Karl-August Wuttke ist mein Verlobter Benno von Stetten. An deinem großen Muttermal am Hals habe ich dich erkannt und an dem Ring, den du mir auch gestohlen hast. Wie ich sehe, trägst du ihn noch, den Siegelring meines Vaters mit dem Wappen unserer Familie.«

»Was wollen Sie von mir?« Er ringt nach Luft. Schweiß rinnt ihm in kleinen Rinnsalen von der Stirn.

»Ich will endlich das bekommen, was du mir damals versprochen hast. Heiraten sollst du mich. Deine Frau will ich sein, bis dass der Tod uns scheidet. Darauf habe ich achtundvierzig Jahre gewartet. Sogar mein Hochzeitskleid hängt immer noch im Schrank.«

Angewidert schaut er in dieses graue, faltige Gesicht, in diese kleinen, wasserblauen Augen hinter den dicken Brillengläsern, auf diesen schmallippigen Mund, der sich ständig auf und ab bewegt.

»Verrückt sind Sie, ja, verrückt!«, schreit er. »Gehen Sie und wagen Sie es nicht noch einmal, mich anzusprechen!«

Sie ist aufgestanden, steht vor ihm mit erhobenem Stock.

»Das wirst du bereuen, Karl-August Wuttke, denn ich werde allen, auch deiner Frau Bromelius erzählen, dass du ein Hochstapler und Heiratsschwindler bist, der viele Frauen betrogen hat.«

Zornig greift sie nach seinem Rollator und verpasst ihm mit der Hand einen Stoß, sodass er immer schneller auf dem leicht abschüssigen Weg davon rollt, bis er in einer Wiese landet und umkippt. Mühsam erhebt er sich, versucht, ohne Gehhilfe die Balance zu halten. Doch nach wenigen Schritten fällt er vornüber auf den Asphalt.

»Welch eine Frechheit von der Neuen, sich in der Kapelle einfach neben mich in die erste Reihe zu setzen und so zu tun, als habe sie Karl-August gut gekannt«, beschwert sich Frau Bromelius eine Woche später nach der Trauerfeier.

Wolfgang Kaufmann

Verlaufen

Innenansicht eines Skinheads

Seit Tagen lief da was unrund. In zwei Stadtbezirken von Köln schwelte Gefahr wie flüchtiger Gestank über einer Müllhalde. Die Straßen waren nicht mehr sicher. Zumindest nicht für Kerle, die noch wagten, offen für ihr Vaterland einzutreten. Wo gab es für die noch Schutz? Auf keinen Fall in den Ghettos der Ausländer. In Mülheim war es am schlimmsten. Da herrschte schiere Angst.

Vor neun Tagen fing es an, da waren in der Nähe der Frankfurter Straße zwei junge Türken nach einer Messerstecherei von Allah zu sich genommen worden. Normalerweise schlitzen die sich gegenseitig auf. Aber diesmal war ihr Tod aufs Konto von jungen Deutschen gegangen, aufrechten Burschen, die man am Eingang der türkischen Disco nicht rein gelassen hatte. Genau genommen eine von diesen Unverschämtheiten. Seit wann konnten Deutsche im eigenen Land nicht mehr in die Disco. Drei Tage später, also nicht mal vor einer Woche, am Eingang einer Bar in Ostheim war es wieder passiert. Da waren es zwei andere. Jetzt war die Kacke am Dampfen.

Und weil sie vorhin im Club gestritten hatten und Vorwalder, das Arschloch, wieder alles besser wusste, war Max abgehauen. Eigentlich wollte er auf ein paar Bier in den ‚Blinden Mann‘, aber in seinem Ärger vertat er sich prompt in der Richtung. Ausgerechnet am Rand des Kanakenviertels war er gelandet. Hinter dem Wiener Platz.

Jetzt schlurfte er wie ein blinder Hamster alleine die Genomstraße hoch, gerade so, als wäre er hier zu Hause. Und als er den Schnitzer endlich raffte und umkehren wollte, sah er zwanzig Meter hinter sich die drei Burschen. Sie stierten in seine Richtung und fingen an wie wild mit ihren Handys zu telefonieren. Richtig ätzend, wie sie rumquatschten. Selbst in dieser Entfernung konnte er ihren aufgeregten, weißen Atem erkennen.

Den kleineren Kerl mit dem breiten Kreuz und dem roten Tuchfetzen um seinen Türkenschädel hatte er in letzter Zeit schon mal gesehen. Aber wo? Egal, weiter gehen, als ob nichts los wäre und in die nächste Straße abbiegen. Nur weg von der Genom. Sie würde ihn gerade in die Rue de Koep führen, wie man sie in der Stadt so schön nannte. Dann würde er wirklich vom Regen durch die Traufe latschen, direkt in die Scheiße.

Mit dem Jeep von Vorwalder waren sie schon ein paar Mal durch die Koep gebrettert. Aber hallo, nur mit Vollgas. Natürlich hatten sie denen nicht den Gefallen getan anzuhalten. Bescheuert, dass man als Deutscher nicht mehr ohne Angst durch die eigne Stadt ziehen konnte.

Er wandte den Kopf. Irgendwas lief hier schief. Höchste Zeit zum Verpissen. Das hier war Getto pur. Überall der türkische Graffiti-Scheiß an den Wänden. Konnte doch keine Sau lesen. Mit Plakaten war das eine andere Sache. Wenn die Mullahs irgendwo ihre Plakate aufhängten, war die Gruppe Vorwalder zur Stelle. Sie sorgte schon dafür, dass sie wieder abgehängt wurden. Streifenweise, schön streifenweise. Vorwalder nannte das Volkshygiene. Aber das verdammte Graffiti konnte niemand abhängen. Die Schmiererei hing fest.

Er legte einen Zacken zu und drängte sich durch ältere Passanten, die nicht mal zu ihm hinsahen und nur ins Warme kommen wollten. Auf der anderen Seite war ein Frisör-Salon. Natürlich nur für Männer. Hinter der Scheibe saßen sechs Typen und warteten. Drei andere wurden gerade gestriegelt. Einer hing an seinem Handy. Er sagte was und zeigte in seine Richtung. Ruckartig drehten sich ihre Köpfe zur Straße. Eigentlich ganz interessant, mal rein zu gehen und sich dazu zu setzen. Einfach so, wie er war, mit seinen Springerstiefeln und dem Abzeichen am Parka und dann dem Kanakenfrisör verordnen, seine Glatze zu rasieren. Mann, die würden glotzen.

Verdammter Mist, jetzt fiel ihm ein, wo er die halbe Portion mit dem roten Fetzen an der Birne gesehen hatte. Blöder Zufall, das war doch einer von denen, die von sieben Mann der Gruppe Vorwalder am Mülheimer Hafen aufgemischt worden waren. Drei Mullahs, und alle drei waren dann mit dem Krankenwagen über den Rhein in Richtung Uniklinik verfrachtet worden. Dem Schrumpfkanaken hatte er höchst persönlich in die Eier getreten. Ein Wunder, dass der Kerl wieder auf den Füssen stand. Ob er ihn wohl erkannt hatte? Na ja, zweihundertundzwanzig Pfund deutsche Knochen und Muskeln kann man nicht so leicht vergessen. Auch wenn das Gewicht inzwischen über dem Gürtel hing.

Wäre natürlich cool, jetzt ein Taxi zu rufen und sich dann mitten auf der Rue de Koep abholen zu lassen. Mist, dass seinem Handy der Saft ausgegangen war. Murphys Law, sagte Vorwalder, wenn etwas schief ging. Scheiß egal, es musste auch ohne das Dreckshandy gehen. Nur beeilen sollte er sich. Aber keine Angst, wenn es drauf ankam, konnte er schneller rennen als jeder Kanake.

Im Schaufenster neben ihm war die Beleuchtung eingeschaltet. Er warf einen Blick in die Auslage. Sie war vollgestopft mit Ketten, Armreifen und Ringen, alles aus Gold. Typisch das Zeug, das die Kerle ihren Weibern umhängen. An solchen Geschäften, sagte Vorwalder, konnte man gut sehen, wie viel Geld die Schmarotzer aus dem deutschen Staat raus saugten. Blutsauger war das richtige Wort. Saugten dem deutschen Volk das Blut aus. Saßen in ihren stinkenden Kneipen und fraßen Döner. Wahrhaftig, da lagen zwei dieser verdammten Kanakenbars direkt nebeneinander. Und ausgerechnet jetzt mussten die Türen aufgehen. Mahlzeit, die Typen schienen ja alle zur gleichen Zeit rauszukommen.

Max trat in den Schutz einer Türnische, die zum Büro eines Steuerberaters führte. Die Glastür war mit Plakaten zugeklebt. Durch einen Schlitz konnte er drei junge Frauen vor ihren Computern erkennen. Neben ihnen saßen ältere Männer, denen sie offensichtlich ihre Steuern zurecht bogen. Natürlich trug jede von ihnen so einen dunklen Sack, bei dem man nicht sehen konnte, ob sie überhaupt Titten hatten, und sie trugen Kopftücher. Kopftücher im Büro, ein Witz.

Seine Zungenspitze berührte kurz die Oberlippe und er erinnerte sich, wie die Gruppe Vorwalder vor einem halben Jahr zwei von diesen Ludern erwischt und sie dann samt ihren Kopftüchern aufs Kreuz gelegt hatte. Das war am Rheinufer gewesen. Bei Allah, den beiden hatten sie es gegeben.

Die Dämmerung brach herein. Jetzt fiel ihm auf, dass bereits die Straßenlaternen eingeschaltet waren. Vorsichtig blickte er auf die Straße und bemerkte, dass die Gestalten aus den beiden Türkenbars regelrecht ausgeschwärmt waren. Es waren fünf oder sechs von den Mistkerlen. Zwei hielten ihre Handys am Ohr. Nicht ausgeschlossen, dass sie ihn suchten. Es wurde Zeit sich was einfallen zu lassen. Vorwalder würde jetzt eine Lösung einfallen. Warum ihm nicht? Aber zuerst mal hätte sich der Maulheld niemals alleine in die Rue gewagt, nicht Vorwalder. Dafür war er zu feige. Nicht allein, so wie er. Das würde er ihm bei Gelegenheit unter die Nase reiben.

Es schien, als ob die Kanaken ihn in der Nische ausgemacht hätten, höchste Zeit zu verschwinden. Er verließ den Platz an der Tür des Steuerberaters und sprintete den Weg zurück. Ältere Männer, die sich müde durch die Straße schoben, wichen ihm erstaunt aus. Zwei junge Kerle zeigten mit ihren Händen auf ihn, waren aber schlau genug, ihm nicht in die Quere zu kommen. Er keuchte. Die blöde Wampe. Verdammt, eine ganze Kette von den Wichsern tauchte aus dem Laden des Kanakenfriseurs auf und versperrte die Straße. Alles was recht war, das waren ein paar zu viele.

Max drehte auf der Stelle und rannte zurück. Wieder preschte er an den beiden Halbwüchsigen vorbei und erneut hatten sie nicht den Mut ihn anzugreifen. Wie sagte Vorwalder? Die Kette bricht immer am schwächsten Glied. Schon möglich, aber das Laufen war ihm früher schon mal leichter gefallen.

Unerwartet tauchte der kleine Wichser mit dem roten Band um den Kopf vor ihm auf und wollte nicht ausweichen. Max sah warum. Der Kerl fuchtelte mit einem langen, schmalen Messer herum. Wie Mister Kung-Fu persönlich. Wirklich komisch. Die stricknadelartige Klinge blitzte kurz im Schein eines Schaufensters. So ein Spielzeug hatte der doch auch beim letzten Mal dabei, am Mülheimer Hafen. Absolut schwachsinnig. Jetzt wollte er's also noch mal versuchen. Nur zu.

Aus dem Anorak zog Max sein eigenes Messer. Es war ein schweres Ding. Bajonett, aus einem Souvenirshop, solider Wehrmachtsstahl, nicht so ein Zahnstocher. Er wechselte das Messer in die linke Hand und führte sie im Vorbeilaufen mit voller Kraft in Richtung des roten Stirnbands. Der Scheißkerl wich ihm zwar nicht aus, wie die anderen. Aber natürlich bückte er sich und lag fast am Boden. Feiger Hund, immer dasselbe. Doch dann erhob er sich auf ein Knie und der linke Arm des kleinen Drecksacks fuhr nach oben und Max spürte einen Schlag auf der Brust. Macht nichts, dachte er, weiterrennen, nicht aufgeben. Nur das schwache Glied finden.

Wieder tauchte die dunkle Nische am Türeingang des Steuerberaters auf. Direkt vor ihm. Wie eine Höhle. Das Laufen fiel ihm jetzt merkwürdig leicht, obwohl sich seine Beine kaum mehr bewegten. Hier konnte er sich ja noch mal verstecken und abwarten. An der Glastür verlor er das Gleichgewicht. Zu blöde, konnte auch nur ihm passieren. Er taumelte und rutschte langsam auf die Stufen. Verdammt, was war denn los mit ihm? An der Stelle, wo ihn der Schlag des Kleinen getroffen hatte, spürte er dumpfes Brennen. Als er den Anorak auseinander schob, fühlte er an den Fingern sein Blut. Es war nass und in der Kälte fast heiß. Und es schien sehr viel zu sein. Neben ihm entstand eine dampfende schwarze Lache.

Vor dem Eingang versammelte sich eine Traube junger Männer. Regungslos und schweigend starrten sie ihn an. Hinter ihm öffnete sich die Tür und eine der jungen Frauen schaute besorgt zu ihm herab. Max wandte sich schwerfällig zur Seite. Sie trug noch das Kopftuch. Aus dem Inneren wurde ihr ein Handy gereicht. Aufgeregt sprach sie mit jemandem und er verstand das Wort Notarzt. Sollte sie doch. Einige der Burschen grinsten, aber keiner sagte was. Er fand, dass alles Licht von der Straße verschwunden war, einfach weg. Die Kanaken konnte er auch nicht mehr sehen. Aber es war nicht wichtig. Nichts war mehr wichtig. Vielleicht waren die jetzt auch weg.

Aus Richtung der Rheinbrücken hörte er den Klang eines Martinshorns. Bestimmt der Notarzt, den die Junge mit dem Kopftuch gerufen hatte. Eigentlich müsste die Sirene doch lauter werden, aber sie wurde leiser.

Barko Bartkowski

Stark

»Achtung auf der Elf!«, krächzt es aus dem Sprechgerät. Ich bestätige und werfe einen Blick zum Ablaufhügel. Der Kesselwagen ist noch weit weg. Ich denke an sie.

Sie ist ungefähr acht. Höchstens neun. Wo sie wohl immer herkommt? So spät ist doch keine Schule mehr.

Seit zwei Wochen kommt sie jetzt. Da hab ich sie zum ersten Mal gesehen. Sie geht immer direkt an den Gleisen lang, überquert sie, wo die alten Schwellen aufgestapelt sind, läuft auf dem Feldweg weiter zur Neubausiedlung. Da wohnt sie wohl.

Sie kommt jeden Tag hier vorbei. Meistens sehe ich sie nur von fern. Der Rangierbahnhof ist groß. Aber gestern, da war ich auch hier, ganz am Ende von den Gleisen. Sie war etwas später dran als sonst. Die Sonne stand tief überm Güterbahnhof. Die hat sie wohl geblendet. Sie hat mich nicht gesehen.

Ich muss immer an sie denken. Jetzt wird sie bald kommen ...

Ein Schatten wächst vor mir auf. Ich springe zurück, stolpere, falle auf das Gleis. Der Kesselwagen kracht donnernd in die anderen, das Rad kommt bloß Zentimeter vor meinem Fuß zum Stehen. Mein Herz rast wie verrückt. Pass auf, Mensch! »Wenn du nicht aufpasst, bist du Mus!«, hat der Rangiermeister gesagt.

Ich rappel mich auf, tauche unter den Puffern hindurch, wuchte die schwere Kupplung hoch und über den Haken, drehe sie fest. Es ist eine anstrengende Arbeit. Man muss stark sein, um sie zu machen. Aber ich bin stark. Stark genug.

Bin ich stark genug?

Ich hab die Zeit durchgestanden – obwohl mich alle behandelt haben wie Dreck. Mehr als einmal haben sie mich zusammengeschlagen. Ich hab mich nicht gewehrt. Ich hab durchgehalten.

Und die Bewährung – zwei Jahre. Das war noch härter. Viel härter! Der Drang war noch da, irgendwo tief drinnen. Lauernd. Aber ich bin stark geblieben. Hab mich an alle Auflagen gehalten. Bin zur Therapie. Hab mir 'ne Wohnung gesucht, weit weg von allem. Kein Schwimmbad in der Nähe, keine Schule. Keine Spielplätze. Und 'n Job gefunden. Auch weit weg von allem, am Rangierbahnhof. Ich hab's im Griff. Ich bin stark.

Dachte ich.

»Du bist jetzt frei«, haben sie gesagt, als sie mich entlassen haben. Frei! Drinnen, da war ich frei. Da konnte nichts passieren. Jetzt muss ich kämpfen. Jeden Tag wieder. Stark sein. Jeden Tag. Wenn ich nur einmal schwach werde ...

Gestern. Sie hat mich nicht gesehen. Hat sich umgeschaut, aber ich stand hinter den Güterwagen, die Sonne im Rücken. Da ist sie zwischen die Schwellen, hat sich die Hose runtergezogen und hingehockt zum Pissen. Ich konnt ihn genau sehen, ihren süßen kleinen Arsch ...

Das Sprechgerät knattert. Ein weiterer Kesselwagen löst sich vom Ablaufhügel.

Ich hab mich weggedreht. Da bin ich stolz drauf. Ich hab nicht weiter hingeguckt. Hab mich mit dem Rücken an den Wagen gelehnt und bis hundert gezählt. Bis sie weg war. Da bin ich stark gewesen.

Aber dann ... dann bin ich rübergegangen. Ich konnte nicht anders. Es dampfte noch, wo sie hingepisst hatte. Ich konnte sie riechen. Ich weiß jetzt, wie sie riecht ...

Auf einmal ist alles wieder da. Ich erinnere mich – wie sie sich anfühlen, wie sie riechen. Die Letzte hat sich ins Höschen gemacht, als ich ...

Ich zittere. Ich muss mich am Wagen festklammern. Stark bleiben. Ich muss stark bleiben! Heute. Morgen. Jeden Tag. Jeden verdammten Tag!

Nein. Nur einmal. Ich muss nur noch einmal stark sein.

Ich lasse mich auf den Boden sinken, presse meinen Kopf an den Puffer, schließe die Augen. Die Schiene vibriert unter mir. Der Schatten des Kesselwagens fällt über mich.

Rüdiger Kaun

Das Leben geht weiter

John, habe ich zu ihm gesagt, wenn er blass, mit leicht zitternder Unterlippe im Morgengrauen nach Hause kam, John, du bist nicht böse. Böse ist die Welt. Aber, hat er immer geantwortet, du hast leicht reden, du hast es nicht erlebt. Diese Blicke. Du hast es nicht gehört. Das Schreien. Das Jammern. Und dann nicht einzugreifen und deine Pflicht zu tun. Wenn das nicht böse ist!

John, habe ich gesagt, du musst den Zusammenhang sehen!

Ich sehe, was ich sehe, erwidert er, mit diesen beiden Augen, und deutet auf sie mit dem Zeige- und Mittelfinger, als ob ich nicht wüsste, wo sich seine Augen befinden. Nein, sagt er, nein, und schüttelt den Kopf.

John, das müssen Sie wissen, war ein Mann wie ein Baum. Groß, breitschultrig. Eine Erscheinung. Aber zu nah ans Wasser gebaut. – Wenn er so vor mir saß, im Morgengrauen an seiner Tasse Kaffee nippte und mit langen Zähnen in das Honigbrötchen biss (ins Bett gehen konnte er in dieser Verfassung ja nicht), dann lag es mir auf der Zunge auszurufen, dass er den ganzen Kram hinschmeißen solle, dass wir ohne die Sonderzulage auskommen würden, auch wenn es knapp werden würde, sehr knapp, aber dann sagte ich zu mir, dass es nicht richtig wäre, den Kram hinzuschmeißen, weil das, was er tat, gut war.

Wohlgemerkt, es war John, der damit angefangen hat. Es war seine Idee. Nichts wusste ich von dieser Möglichkeit. Ich wusste nur, dass der Mann mir gefiel, dass er aber von Beruf nur ein Schließer war, einer, wie sie bei uns im Ort zu Hunderten herumlaufen, weil hier das berüchtigte Zuchthaus steht, das jeder kennt. Einen Schließer wollte ich nicht. Ein Schließer brachte mir zu wenig nach Haus. Das war nicht das Leben, das ich mir vorgestellt hatte. Ich hätte einen Beamten, einen Kaufmann, vielleicht sogar einen Doktor kriegen können, weil ich jede Menge Chancen hatte. Damals. Das wusste John. Vielleicht wusste er auch, dass Albert, der gerade den Tabakladen seines Vaters übernommen hatte, damit anfing, mir schöne Augen zu machen, während er, John, sich nur beim Tanzen, wer weiß wie eng, an mich drückte.

Eines Tages, als ob er gewusst hätte, was in mir vorging, stand er mit einem nagelneuen Motorrad zwischen den Beinen vor meiner Haustür und lud mich ein, hinter ihm aufzusitzen. – Ja, sagte ich, ohne zu fragen, woher er plötzlich das Geld für die Maschine habe. Ja, sagte ich zu ihm und zu mir selbst sagte ich, eine Frau muss nicht immer alles wissen, und an diesem Abend ist es – wie soll ich sagen – passiert. Später – aber da war unser Kevin bereits unterwegs –, später habe ich nachgefragt,

wollte es als zukünftige Mutter und verantwortlich für
eine zukünftige kleine Familie genauer wissen, und da
hat er es mir nach langem Herumdrucksen gesagt. Als
ob es das Fürchterlichste von der Welt wäre. Ich war
erstaunt, wie man über etwas erstaunt ist, womit man
nicht gerechnet hat. Aber an sich fand ich Johns Tätigkeit, die, wie es sich schließlich auch gehört, mit einer
Sonderzulage vergütet wurde, gar nicht übel. Unge-
wöhnlich, aber warum nicht. Man musste es ja nicht
gerade hinausposaunen oder an die große Glocke hängen. Es handelte sich um eine Aufgabe, die man – ich
sage mal – als Ehrenmann durchaus machen konnte.

Ich ging davon aus, dass es wegen der gelegentlichen
Einsätze keiner weiteren Klärung bedurfte. Ich verstand,
dass John nach einem solchen Termin etwas weiß um
die Nase nach Hause kam, mal mehr oder weniger ge-
sprächig war, aber dass er, wie sich rasch herausstellte,
zunehmend aus der Spur geriet, das konnte ich doch im
Voraus nicht erkennen.

John, habe ich ihn angefleht, sieh endlich ein: was du
tust, ist nicht böse. Ich habe mir deinetwegen viele Gedanken gemacht. Was du tust, ist legal. Andere haben
darüber entschieden, Leute, die viel klüger sind als wir.
Du machst die Arbeit für die studierten Herren. Es ist
gerecht und nicht böse, Ordnung zu schaffen. Sonst
würde es drunter und drüber gehen. – Es gibt Menschen,
bei denen ich, allein wenn ich an sie denke, eine Gänse-
haut kriege. Dir tun sie Leid. Mein Gott, wie hieß sie
noch mal, die ihre eigenen Kinder erwürgt hat? Jackson,
glaube ich. Statt an die Kinderhälse denkst du an den
Hals der Kindermörderin. Und wenn sie auch noch so
jammert und erbärmlich tut, um Mitleid zu schinden,

170

was sein muss, muss sein. – Ein Denkmal müsste man dir setzen. Nicht nur dem unbekannten Soldaten. Und Kevin, dein Bub, wird einmal allen Grund haben, auf seinen Vater stolz zu sein.

So habe ich, wer weiß wie oft, auf ihn eingeredet. Aber genützt hat es nichts. Im Gegenteil, John ist immer verstockter geworden. Angefangen damit, dass er mit dem neuen Auto nicht mehr fahren wollte. Er habe keine Lust mehr, weder auf die Fahrt zur Arbeit noch auf eine Spritztour am Wochenende. Und das nur, weil wir es mit seiner Sonderzulage finanziert haben. Ich habe ihn damals gebeten, doch mal mit Albert, bei dem ich immer noch einen Stein im Brett hatte, von Mann zu Mann zu reden. Albert hat das Herz auf dem rechten Fleck. Und obwohl er auf John eigentlich hätte sauer sein können, weil der mich ihm vor der Nase weggeschnappt hat, hat sich Albert mit John jede erdenkliche Mühe gegeben. Ihm, dem Albert, würde es auch nicht leicht fallen, einem Kunden, der in sein Geschäft hereinhumpelt, weil man ihm gerade sein Raucherbein abgeschnitten hat, Zigaretten zu verkaufen. Am liebsten würde er von einem Kauf abraten. Aber wo käme man da hin? Schließlich sei das nicht seine Sache. Und was Johns Kundschaft betreffe – Albert nannte sie so –, so sei er für deren Taten nicht verantwortlich. Jeder sei seines Glückes Schmied. So oder so ähnlich hat er mit ihm gesprochen.

Aber John hat nicht gehört, weder auf mich noch auf Albert. Es ist so weit gekommen, dass er von mir verlangt hat, dass ich in Sack und Asche gehe. Einmal, da ist sein Einsatz unerwartet entfallen, weil sich der Kerl, was ein Skandal ist, ein paar Stunden vor dem angesetzten Termin selbst etwas angetan hat. Das hat John mir schadenfroh grinsend erzählt, als er frühmorgens nach Hause kam. Ohne ein Wort des Bedauerns. Dabei habe ich mich auf den Kurzurlaub nach Florida gefreut.

Mit der Zeit ist es immer schlimmer geworden. Ich habe nicht verstanden, warum er nicht bereit war einzusehen, dass ich Recht hatte, und er sagte, dass ich nicht bereit sei, mir vorzustellen, was es für ihn bedeutete: die Vorbereitungen, das Bedienen der Apparatur (im Grunde hieß das nicht mehr, als einen Hebel herunterzudrücken) und was danach noch zu machen war. Dabei haben mich die Details nie interessiert, weil sie für das Wesentliche nicht wichtig waren. Was, wie, wann, wo – das war doch nebensächlich. Er glaubte, ich sei einfach nur nicht bereit zuzuhören. Deshalb und weil er selbst oft nicht schlafen konnte, fing er damit an, mir nachts Scheußlichkeiten ins Ohr zu flüstern, und das in einer Weise, dass es mich gruseln sollte: Hab' ich dir eigentlich schon erzählt, wie es ist, wenn der dicke Smith und der Anstaltsarzt danach unter die Bühne steigen? Ich bin immer wieder erstaunt, wie friedlich der Kamerad an seinem Seil hängt. Man könnte denken, er schläft, wenn er nicht in der Luft schwebte und sein Kopf so merkwürdig abgeknickt wäre. Jedes Mal frage ich mich, ob er mir die Zunge herausstreckt oder ob er diesen blauroten Fleischlappen nur heraushängt, weil er ums Verrecken nicht anders kann. Und wenn Smith, der ein lustiger Vogel ist, einen seiner Witze, die er immer auf Lager hat, zum Besten gibt und unser Doktor Miller amüsiert sein Stethoskop aus der Tasche zieht, um, wie er sich ausdrückt, festzustellen, wie es unserem Patienten geht, dann …

In der Art hat er geflüstert und noch schrecklicher, bis ich mir die Ohren zugehalten und geschrieen habe: Hör auf! Du bist ja pervers. – Ja? Wirklich? – Und dabei sah er mich an, als sei er nicht mehr klar im Kopf. Ich fing an, Angst vor ihm zu kriegen.

Es war eine Schande. Jeder Mann, der ein Mann gewesen wäre, hätte etwas Besseres mit seiner jungen Frau anzufangen gewusst, als ihr nachts solch grässliches Zeug ins Ohr zu flüstern. Das ist böse, was du mir antust, habe ich zu ihm gesagt, aber da hat er nur höhnisch gelacht.

In der ganzen Zeit unserer Ehe hat John so viel geraucht, dass ich immer gedacht habe, er würde eines Tages am Lungenkrebs sterben. Aber dazu ist es nicht gekommen. Eines Morgens habe ich verstanden, was er damit gemeint hat, dass es irgendwie friedlich aussieht, wenn einer so still vor sich hin baumelt, als schliefe er nur. Und mit dem abgeknickten Kopf hatte John auch Recht gehabt. Die Zunge hat Gott sei Dank nur ein kleines Stück zwischen den Lippen hervor gespitzt. Ich habe nicht lange hinsehen können. In der ersten Zeit nach diesem Ereignis habe ich gedacht, dass ich nie mehr lachen könnte. Aber, wie Albert richtig gesagt hat, das Leben geht weiter, und schließlich habe ich ja noch Kevin. Am wohlsten fühle ich mich jetzt, wenn ich in Alberts Laden hinter der Theke stehe und, wie er schmunzelnd bemerkt, Gift verkaufe. Er hat Humor.

Die Autoren

Bärbel-Wiebke Rasmussen-Bonne
*1942, wohnhaft in Bonn, Grundschullehrerin,
Veröffentlichungen von Lyrik und Kurzgeschichten in
Anthologien

Barko Bartkowski
*1962, Chemiker und Computerfachmann,
schreibt Kurzgeschichten, weil das mal ganz was
Anderes ist.

Christel Kehl-Kochanek
Lehrerin, schreibt Prosa und Lyrik aus Freude am
Gestalten. Veröffentlichung in zahlreichen Anthologien

Claudine Landgraf
in Paris geboren, lebt in Eschmar.
Schreibt, weil es ihr Spaß macht.

Dirk Breitenbach
*1967, Polizeibeamter und Freizeitliterat, verheiratet,
eine erwachsene Tochter, lebt in Sankt Augustin.

Elisabeth Heydel
*1942 – Schon als Kind hat es mir gefallen, mir
Geschichten auszudenken und sie aufzuschreiben.
Tatsache ist, ich habe einfach nicht damit aufgehört.

Maria Uleer
*1945, verheiratet, drei Kinder; Spanischdozentin,
Autorin (Kurzgeschichten, Roman); lebt in Sankt
Augustin.

Rosemarie Pfirschke
*Sankt Augustin. Kurzgeschichten in verschiedenen
Anthologien, Mitautorin und Mitherausgeberin des
Buches „Unterwegs mit Koffer und Teddybär – Europas
Kinder und der Zweite Weltkrieg“*

Rüdiger Kaun
*1943– Ich war Lehrer für Deutsch und Philosophie
und schreibe Kurzgeschichten seit den neunziger
Jahren.*

Wolfgang Kaufmann
*1937, verheiratet, drei Kinder. Ehemaliger
Berufssoldat. Ein politisches Sachbuch, ein
Unterhaltungsroman. Lebt in Siegburg.*

FSC
www.fsc.org
MIX
Papier aus ver-
antwortungsvollen
Quellen
Paper from
responsible sources
FSC® C105338